시간을 빌려주는
수상한 전당포

시간을 빌려주는 수상한 전당포

타임 전당포

고수유 지음

헤세의서재

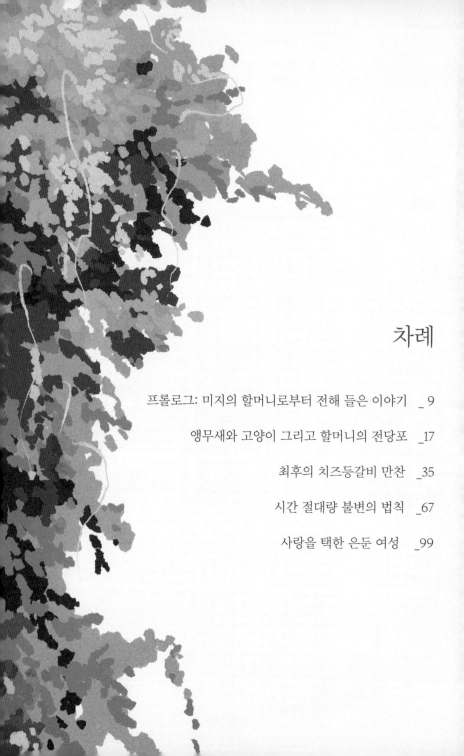

차례

곧은 것은 한결같이 속인다.
진리는 하나같이 굽어 있으며,
시간 자체도 둥근 고리다.

- 프리드리히 니체(1844-1900, 독일 철학자)

프롤로그

미지의 할머니로부터 전해 들은 이야기

지금부터 하는 이야기는 필자가 어느 할머니로부터 들었던 것이다. 그 할머니는 아주 우연히 강릉의 한 기차역 철로변에서 만났다. 사실 필자는 그때 그곳에서 생을 마감하려고 했었다. 그 당시 필자는 서울의 유명 H대 미대 동양화과를 졸업했지만 전시회를 두 번 한 것이 경력의 전부일 뿐, 변변한 직장을 얻지 못하고 있었다. 그러다가 호구지책으로 웹툰 작가가 되기로 결심하고 자취방에 두문불출하면서 그림을 그려 갔다. 얼마 지나지 않아 운 좋게 기획사를 만나고 그곳 소개로 유명 사이트에 웹툰을 연재하게 되었다. 그러나 기쁨은 오래가지 못했다. 독자들 피드백이 영 좋지 못했다.

"스토리가 영 엉망. 요즘 누가 이런 이수일과 심순애 식 로맨스 이야기를 보죠?"

"그림 실력은 아티스트로 인정! 근데 이야기가 너무 고루하고 답답합니다."

"이야기를 따라가는 재미가 없어서 실망."

웹툰 작가로 먹고 살아가는 것은 결코 쉬운 일이 아니었다. 정통 미대 출신이라는 자부심도 어느새 온데간데없이 사라지고 말았다. 전업 화가로 활동하는 것은 고사하고 당장 밥벌이조차 하기 힘들었다. 지방에서 올라온 필자는 더 이상 서울에서 살아가야 할 희망이 보이지 않았다. 살아갈 의욕이 점점 사라져 갔다.

따스한 봄바람이 불어오는 날 누군가의 부름에 이끌리듯이 기차를 타고 강릉으로 갔다. 그곳에 도착해 아무 버스나 타고 가다

창밖으로 바다가 보이자 무작정 어느 정류장에 내렸다. 가까운 곳에 기차역이 보였는데 필자는 이마에 떨어져 내리는 강렬한 햇살에 몸서리쳤다. 필자의 삶은 너무나 암울한 데 비해 세상은 너무나 찬란했다. 갑자기 눈앞이 캄캄해지는 기분에 철로를 따라 걷다가 외진 곳의 벤치에 털썩 앉았다.

두통이 도져왔다. 필자는 가방에서 소주를 꺼내 벌컥벌컥 들이켰다. 서서히 몽롱해지는 의식 속에서, 필자는 영화의 한 장면을 떠올렸다. 쏜살같이 달려오는 기차 앞으로 뛰어들어 생을 마감하는 어느 불행한 불법 이주자. 어느덧 필자의 귓가에 멀리서 다가오는 기차의 기적 소리가 들려왔다. 시간이 거의 다 된 셈이었다.

그때였다. 머리에 스카프를 두르고 한 손에는 지팡이를 짚은 할머니가 앞에 나타났다. 자상한 인상의 그 할머니의 어깨 위에는 앵무새가 앉아 있었고, 발 앞에는 까만 고양이가 몸을 비비고 있었다. 할머니가 필자에게 말했다.

"쯧쯧. 자신에게 주어진 소중한 시간을 끊어 버리고 생명을 마감하려고 하면 되나요? 시간은 우주가 우리 사람에게 할당해 준 선물이지 결코 시간은 사람이 만들어 낸 소유물이 아닙니다. 그런데 그 선물을 주어진 한도대로 사용하지 않은 채로 이렇게 스스로 시간을 마감해서는 안 됩니다."

필자는 꿈인가 하는 마음에 눈을 비벼 봤다. 어디에선가 갑자기 나타난 할머니가 그런 말을 한다는 게 놀라웠다. 필자의 마음을 속속들이 들여다보는 그 할머니가 마치 외할머니처럼 여겨졌고, 눈물이 왈칵 흘렀다.

"흑흑. 살아갈 희망이 없어요. 지금 내게 시간은 아무 짝에도 쓸모가 없다고요. 그냥 사치품 같고 부담스러운 장식물 같아요. 그러니까 저를 그냥 내버려 두세요. 저는 이제 시간과 작별을 할 거예요."

아이처럼 우는 필자를 바라보던 할머니가 벤치에 앉은 후 나직이 말을 건넸다.

"이봐요 청년, 시간의 소중함을 안다면 이렇게 생을 마감하려고 하면 안 돼요. 청년에게 필요한 것은 이야기를 만드는 재능일 것입니다. 내가 시간이 얼마나 소중한 것인지를 알려 주는 이야기를 들려주겠어요. 이 이야기가 청년의 웹툰에 날개를 달아 주고 그와 더불어 살아갈 용기를 되찾게 될 거예요."

필자는 그때 죽지 않았기에 지금 이 자리에서 여러분을 만나고 있다. 그때 그 할머니가 들려준 이야기는 어제 들은 것처럼 아직도 생생하다. 마치 영화관의 대형 스크린 맨 앞자리에서 영화에 압도된 채로 빨려들었던 것 같다. 그런데 이야기가 다 끝났을 때쯤 필자는 쏟아지는 졸음으로 인해 잠이 들고 말았다. 잠이 깼을 때 벤치 주위에는 인적이 전혀 없었다.

시간이 흐른 지금 필자는 그때 헛것을 본 것은 아닌가 하는 생각을 하기도 한다. 어쩌면 꿈을 꾼 것은 아닌가도 추측을 해 본다. 그 할머니가 실제로 나타났었는지 그렇지 않은지를 지금에 와서 확인하는 것은 불가능한 일이다.

지금부터 필자는 그 미지의 할머니로부터 전해 들은 신비로운 이야기를 여러분에게 들려드릴까 한다. 필자의 상상력을 가미하여 스토리가 좀 더 생생하게 살아나도록 배려했다. 현재가 몹시 절망적이어서 자신의 시간을 종결하고 싶은 분들에게 시간과 삶의 소중함을 일깨워 줄 수 있는 이야기가 되길 바란다. 참, 그리고 조만간 웹툰으로 이 이야기가 세상에 공개될 것을 미리 말씀드린다. 필자가 앞으로 웹툰 작가로 활동을 해나갈 수 있도록, 여러분의 긍정적이고 호의적인 반응을 기대해 본다.

앵무새와 고양이 그리고 할머니의 전당포

서울 근교에 있는 한 신도시의 먹자골목. 수많은 식당들 사이에 두 사람이 겨우 지나갈 수 있을 정도로 비좁은 골목길이 하나 있었다. 그 골목길을 따라 안으로 깊숙이 들어가면 낡은 3층 건물이 나온다. 이 건물 1층에는 대만 화교가 운영하는 허름한 홍콩반점 간판의 중국집이 있었고, 2층에는 '＊＊타로', '＊＊수선'이라는 간판이 보였다. 그 위층에 붉은색 글자의 '타임 전당포'라는 작은 간판이 보였다. 그 옆에는 '＊＊기획'이라는 업종 불명의 사무실이 있었다.

타임 전당포의 열린 창문으로 까만 고양이 한 마리가 밖으로 나오고 있었다. 아슬아슬하게 창문턱에 걸쳐 있다가 옆에 있는 담쟁이넝쿨로 뛰어올랐다. 그러곤 그것을 타고 옥상으로 올라간 후, 옆 건물로 뛰어 올라갔다. 어스름이 내리기 시작할 즈음이면 야행성인 까만 고양이가 마실 나가는 것이었다.

열린 창문으로 머리에 스카프를 두른 할머니가 보였다. 통통한 체격으로 긴 원피스 차림의 할머니는 한 손에 지팡이를 짚고 방 안을 거닐고 있었다. 열 걸음을 왔다 갔다 하는 식으로 실내 운동을 하는 듯했다. 그 모습을 벽 한구석 새장에 있는 앵무새가 똑같이 따라 하듯 앞뒤로 걸어가는 시늉을 했다. 할머니는 수십 차례 왔다 갔다 하기를 반복하고는 천정에 닿을 듯 높이 자란 행운목 화분 앞에 서서 행운목의 긴 잎사귀를 몇 번씩이나 매만졌다.

그러고 나서 탁자로 돌아와 의자에 앉아 긴 숨을 내쉬었다. 탁자 위에는 향초가 타오르고 있었다. 할머니는 탁자 위에 놓인 냉수를 한 모금 마시고 나서 벽시계를 바라보았다.

초침이 또각또각 움직이더니 7시 50분을 가리켰다. 할머니는 눈을 크게 뜨고 시간을 재차 확인했다. 곧이어 할머니는 어디론가로 보낼 문자를 쓰기 시작했다. 내용은 이러했다.

현재 만기 시간 10분 전입니다. 연락 없이 돌아오지 않으면 계약한 대로 진행한다는 것을 명심하십시오.

　문자를 다 쓴 후 발송 버튼을 눌렀다. 할머니 사장님은 과거 시간 대출자가 과거에서 전당포로 돌아오는 것이 아슬아슬하게 느껴질 때 이런 문자를 보냈다. 30분 전, 20분 전 혹은 10분 전에 문자를 보냈다. 시간 대출자가 전당포로 확실하게 돌아올 것이라 느껴질 때는 문자를 보내지 않았다. 문자를 보낸 후 할머니는 눈을 감은 채로 20여 분을 보냈다. 답이 없었다. 할머니, 그러니까 타임 전당포 사장님은 한숨을 내쉬었다. 그러곤 속으로 요즘 사람들은 점점 약속을 잘 안 지키고 있다며 혀를 끌끌 찼다.

　할머니는 자리에서 일어나서 지팡이를 짚고 벽에 붙어 있는 긴 책장으로 걸어갔다. 책장에는 책 대신에 거치대 위에 놓인 주민등록증이 있었다. 책장 위에 놓인 주민등록증은 슬쩍 보기에도 백여 개가 넘었다. 전당포 사장님은 그 가운데 하나 앞에서 멈췄다.

　"애석하군. 하지만 나도 어쩔 수 없어. 우주의 법칙이자 우주의 원리, 곧 우주의 다르마(Dharma)이기 때문이지."

　30대 후반으로 보이는 한 남성의 주민등록증이었다. 그런데 그 주민등록증 테두리가 까맣게 변색이 되고 있었다. 마치 불에 그을린 듯이 변색이 되다가 어느 순간 멈췄다. 그 주민등록증이 놓인 칸에는 남자의 것과 같이 서서히 변색이 되어 가고 있는 십여 개의 주민등록증이 진열되어 있었다. 그 아래 칸에는 새것처럼 반짝이는 주민등록증들이 있었다. 그 아래 칸, 또 아래 칸에도 마찬가지였다. 그리고 맨 아래 칸에는 불에 완전히 타 버린 듯이 새카맣게 그을린 주민등록증들이 십여 개 보였다.

한머니는 허리를 굽혀 맨 아래 칸을 바라보았다. 마치 영정 사진을 보듯이 착잡한 표정을 지어 보이곤 두 손을 모아 합장했다. 10여 초 흘렀을까? 넬라판타지아 음악이 흘렀다.

Nella fantasia io vedo un mondo giusto
(환상 속에서 나는 정의로운 세계를 봅니다)
Li tutti vivono in pace e in onestà
(그곳에서는 모두가 평화롭고 정직하게 살고 있습니다).
Io sogno d'anime che sono sempre libere
(난 하늘을 나는 구름처럼)

음악으로 설정한 전화벨 소리였다. 할머니 사장님은 천천히 몸을 일으켜 스마트폰이 있는 곳으로 걸어갔다. 전혀 급하지 않게 천천히 걸음을 옮긴 할머니는 폰을 들고 수신을 눌렀다. 다급한 목소리가 들려 나왔다.

"할머니, 아니 사장님 내가 깜빡했어요. 오늘 정각 8시까지 전당포로 돌아가야 하는데 사정이 생겨서요. 한 번만 봐주시면 안 되나요?"

"그것은 내가 할 수 있는 일이 아니에요. 약속을 어기면 기하급수적으로 고객님의 시간이 소멸합니다. 이것은 어길 수 없는 우주의 섭리죠. 고객님은 지체하지 말고 돌아와서 계약할 때 했던 약속을 지켰는지를 보고해야 했어요."

"사장님, 정말 죄송해요. 실은 내가 계약할 때 작성한 소원을 이루지 못해서요. 이 일을 어쩌죠?"

"그렇죠, 그 소원은 쉽게 이룰 수 있는 게 아니었지요. 그러나 어찌할까요? 고객님의 시간은 이미 빠른 속도로 소멸하고 있어요. 이대로라면 곧 고객님의 신상에 문제가 생길 것입니다. 사고를 당하거나, 병에 걸리거나 사건에 휘말리게 되어 있죠. 고객님에게 주어진 시간이 얼마 안 남게 될 것이에요."

남자의 목소리가 기어들어 갔다.

"내가 사장님 말을 들었어야 하는데, 아까부터 내 심장이 벌렁벌렁하는 게 숨을 잘 못 쉬겠더라고요. 그래서 이상하다 생각하고 있었는데 사장님이 계약할 때 하신 말이 떠올랐어요. 진짜로 사장님 말대로 내 시간이 빠르게 소멸하는 것 같아 겁이 납니다. 아이고, 이 일을 어쩌죠?"

할머니 사장님이 천천히 말을 이어 갔다.

"전당포에서 이 세상 그 무엇보다 귀중한 것을 고객님에게 빌려주지 않았습니까? 그것을 잊어버린 건가요? 고객님이 소원을 이루고, 만기일에 전당포로 돌아와야 대출해 준 대가를 내가 받을 수 있는데 그게 틀려 버렸네요. 쯧쯧."

갑자기 저쪽에서 통화가 끊겨 버렸다. 어떻게 된 일일까? 그 남자가 쓰러졌거나, 돌연사했거나, 누군가로부터 총격을 받았거나 여하간 안 좋은 일이 생긴 것으로 추측할 수 있었다. 할머니 사장님은 애석하다는 듯이 눈을 감고 긴 한숨을 내쉬었다. 할머니 사장님은 시선을 탁자 위에 놓인 향초에 고정시켰다. 어디에선가 바람이 불어온 걸까? 갑자기 향초가 홀연히 꺼져 버렸다.

이와 동시에 책장에 놓인 그 남자의 주민등록증이 검게 그을리다가 갑자기 불에 타듯이 완전히 숯 색깔로 변해 버렸다. 할머니 사장님은 작은 목소리로 말했다.

"또 어리석은 한 생명이 우주 시간의 섭리를 거슬리다가 시간을 마감하고 말았군. 오, 불쌍한 생명이여. 떠나왔던 곳으로 잘 돌아가길……."

침묵의 시간이 얼마나 흘렀을까?

"떠나왔던 곳으로 잘 돌아가길. 떠나왔던 곳으로 잘 돌아가길. 떠나왔던 곳으로 잘 돌아가길."

반복된 목소리의 주인은 앵무새였다. 새장에서 앵무새가 밖으로 날아올라 할머니 사장님의 어깨로 날아갔다.

"카이로스, 그래 우리 모두는 떠나왔던 곳으로 돌아가는 것이 운명이야. 너 또한 마찬가지지. 그것은 절대 잊으면 안 되는, 시간을 가진 모든 생명의 질서야."

앵무새가 또 따라 했다.

"생명의 질서야. 생명의 질서야. 생명의 질서야."

할머니 사장님이 대견하다는 듯 카이로스의 머리를 쓰다듬어 주었다. 그러고 나서 향초에 불을 붙였다.

전당포는 9시에 문을 닫을 예정이었다. 전당포 사장님은 또다시 벽시계를 응시하고 있었다. 9시까지 5분가량 남겨 놓았을 즈음 한 젊은 남성이 전당포 문을 열고 뛰어 들어왔다. 그러곤 곧바로 전당포의 쇠창살 앞으로 다가온 그 남자는 다짜고짜 소리쳤다.

"사장님, 만기일을 지켰습니다. 오늘 10월 15일 오후 9시 맞죠?"

쇠창살의 창구 밖으로 할머니 사장님이 고개를 내밀었다.

"가만 누구시지요?"

"사장님, 저는 지난주에 하루를 빌려 갔던 대학생입니다. 제가 글로벌 기업에 면접시험을 보는 날에 어머니가 새벽 기도를 마치고 귀가하다가 뺑소니 사고를 당해 돌아가셨었죠. 그런데 내가 우연히 타임전당포 명함을 발견하고 이곳으로 찾아왔었어요."

할머니는 기억한다는 듯이 고개를 끄덕였다. 그러곤 쇠창살 안으로 통하는 출입문 도어록 비밀번호를 알려 줬다.

"7777＊ 눌러서 안으로 들어오세요."

대학생은 번호 키를 누른 후 안으로 들어갔다. 천천히 걸어서 탁자 앞의 의자에 앉았다. 탁자 위에는 은은한 향초의 향이 피어오르고 있었다. 할머니 사장님은 책장에서 주민등록증 하나를 들고 와서 탁자 위에 놓았다. 그러곤 책상의 서류철함에서 서류 한 장을 꺼내 보고 나서 탁자 위에 올려놓았다. 탁자 위에 놓인 것은 그의 과거 시간 대출 계약서였다.

"고객님은 약속을 잘 지켰군요. 지난주 토요일 9시에 하루를 대출해갔는데 만기 시점을 정확히 지켰네요. 다행입니다."

대학생이 할 말이 많은 듯 머리를 긁적였다. 할머니 사장님이 그 대학생에게 말할 기회를 줬다.

"처음엔 믿지 않았는데 정말로 기적처럼 과거로 돌아가더라고요. 뺨을 몇 번이나 꼬집어 봤어요. 근데 진짜 과거 시점으로 돌아가 있더라고요. 저는 사장님에게 약속한 대로 어머니를 살리겠다는 소원을 이루려고 최선을 다했습니다. 결국 글로벌 기업 면접 시험을 포기하고, 고향 집에 내려가서 어머니를 살렸어요. 현재 어머니는 살아 계십니다. 너무 감사합니다.”

할머니는 그 대학생의 얼굴을 깊이 응시했다. 그의 얼굴을 통해 그가 보낸 과거의 하루 동안의 일을 바라보는 듯했다.

“그래요. 고객님 말대로 소원을 잘 이뤘네요. 잘했어요. 내가 고객님을 믿고 시간을 대출해 준 보람을 느끼네요. 내 안목이 아직까지는 녹슬지 않았나 봅니다.”

할머니 사장님이 미소를 지으며 물어봤다.

“힘들지는 않았어요?”

“과거로 돌아가면 쉽게 소원을 이루고 대출시간을 지켜서 만기일까지 이곳에 잘 돌아올 줄 알았습니다만 그렇지 않았어요. 강한 유혹이 생기더라고요. 여자친구가 함께 외국으로 나가고 싶다고 간절하게 저를 붙잡더라고요. 그러자 또다시 어머니가 교통사고를 당하는 것 같은 일은 반복되지 않을 거라는 잡념이 들었어요. 그 유혹을 극복하느라 꽤나 마음고생을 했습니다. 결국 어머니가 교통사고를 당하는 것을 막게 되었지요. 그런데 다시 현실의 이곳으로 돌아오고 싶은 마음이 안 들더라고요. 그래서 자칫 잘못하면 만기 일자에 이곳으로 오는 약속을 지키지 못할 수도 있었지 뭐예요. 저는 하늘이 도와주었다고 생각하고 있습니다.”

“그렇죠. 사람들은 종종 과거로 돌아가면 모든 일이 잘될 거라고 생각하죠. 하지만 다시 그들에게 과거의 시간이 주어져도 무조건 일이 순조롭게 잘 풀리리라는 법은 없어요. 되돌아간 과거는 예전 그대로의 모습이지만 우리 사람의 마음이 갈대처럼 이리저리 움직이기 때문입니다. 굳게 마음먹은 대로 행동하기만 하면 소원은 술술 풀리지요. 하지만 시시각각 변하는 사람의 마음 때문에 소원을 이루기가 결코 쉽지 않지요.”

대학생은 할머니 사장님의 말에 동의한다는 듯이 고개를 끄덕였다. 할머니 사장님이 말을 이어 갔다.

“자, 그러면 정산을 해 볼까요? 내가 공짜로 이 일을 하는 것은 아니잖아요. 대출한 시간의 대가는 잊지 않았지요?”

“네, 그것은 당연히 드려야죠. 그래서 오늘 찾아왔습니다.”

“갚아야 할 시간이 얼마인지는 알죠?”

“19년하고도 65일입니다.”

계산법은 이렇다. 대출한 시간(하루=24시간)의 24×대출 기간(일주일 고정)의 7×1,000 대학생의 경우 갚아야할 시간이 24×7×1,000 =168,000시간이며, 이를 24시로 나누면 7,000일. 이는 곧 19년하고도 65일이다. 참고로 대출기간에 대해 알아보자. 모든 대출자가 과거 시간 대출 후 현재로 돌아와 보면 일주일이 경과가 되어 있다. 이 일주일이 대출기간이며 고정이 되어 있다. 그나저나 세상에 단 하루를 일주일간 빌려준 대가가 무려 20여 년이나 되다니 어떻게 된 일일까? 그리고 그 시간을 어떻게 갚아 준다는 걸까?

할머니 사장님이 대학생의 표정을 살펴보면서 입을 열었다.

"후회되지 않습니까? 이제 와서 후회한다고 달라지는 것 없지만 말이죠. 전에 말했듯이 이것은 우주의 법칙, 곧 다르마입니다. 고객님은 시간의 법칙을 거슬러 과거로 돌아가는 위대한 기회를 얻었죠. 이번 기회에 갚아야 할 시간이 왜 그렇게 많은지를 설명해 줄까 합니다. 이것은 내가 임의로 정한 게 아닙니다. 고객님이 우주에게서 빌린 시간의 7천 배에 해당하는 시간을 우주로 돌려줘야 하는 것은 우주의 법칙(Dharma)이에요. 갚아야 할 시간이 대출한 시간 곱하기 대출 기간(일주일)의 7에 무려 곱하기 1,000이 된 것은 시간의 중력을 거스르는 것에 대한 '되갚음의 법칙' 때문이랍니다. 곱하기 1,000이 있는 것은 시간의 중력을 거스를 때 들어가는 시간의 양이죠. 엄청난 속도로 수직 낙하한 비행기가 중력을 거슬러서 다시 위로 올라가려면 막대한 엔진의 힘이 필요하지 않겠습니까? 이와 같이 시간을 거슬러 갈 때 필요한 물리학적인 시간의 양이 빌린 시간 곱하기 빌린 기간 일주일의 7 곱하기 1,000이죠. 이것이 우주 시간의 물리법칙입니다. 앞으로 나아가는 시간의 법칙에서 빠져나와 과거로 돌아가기 위해서는 고객님이 소유한 많은 시간을 우주에게 지불해야 합니다. 그리고 과거에서 현재로 돌아올 때는 원상을 회복하려는 반동력이 작동하기에 대가가 없습니다. 모든 일에는 얻은 것이 있으면 잃는 것도 있는 법이죠. 이것이 공평무사한 대우주의 법칙(Dharma)입니다. 고객님이 갚은 시간은 전당포에서 귀속이 되어 필요한 사람에게 대출을 해 주게 됩니다."

할머니 사장님이 다른 말을 덧붙였다.

"그런데 만약 대출시간을 지켜서 만기일에 돌아와야 하는 약속을 어기거나, 소원을 이루지 못했거나 할 경우는 대출자의 시간이 급격히 빠른 속도로 소멸해 갑니다. 꼭 유의해야 할 것은 만기일에 전당포에 돌아올 때 정각 시간에 맞춰서 현재로 돌아오는 시간의 문이 닫힌다는 것입니다. 단 0.1초라도 늦으면 시간의 문이 닫혀서 이곳으로 다시 돌아올 수 없어요. 그러면 애석하게도 고객의 시간이 빠르게 소멸하는데 그 시간은 전부 우주의 품으로 돌아가기에 전당포에 귀속되는 시간이 전혀 없어요. 그렇게 되면 전당포에서 시간을 축적하지 못하니 누군가에게 과거 시간을 빌려줄 수가 없어요. 전당포에 남는 게 없으니 손해 보는 장사가 되죠."

대학생은 할머니 사장님의 말에 귀 기울였다. 그제야 납득이 되는 듯했다.

"제가 한 선택에 후회는 없습니다. 저는 어머니가 뺑소니를 당하기 하루 전으로 돌아갔었어요. 전화로 어머니에게 내일 새벽 기도회에 가지 말라고 말씀을 드렸지만 별 소용이 없었어요. 뺑소니 어쩌고저쩌고 하는 말을 꺼냈다가는 미친 사람 취급을 받을 것 같았고요. 외국에 함께 나가자는 여자 친구의 유혹을 가까스로 극복해서 시골로 내려갔지요. 어머니께 면접시험이 다음 주로 연기되었다고 하고, 내일 새벽에 함께 기도를 드리러 가자고 했지요. 다음 날 새벽 기도를 마친 후 집에까지 어머니를 안전하게 모셔다드렸습니다. 그때 시계를 보니, 8시가 다 되어 가고 있었죠. 면접시험은 9시였고, 저는 시골에 있었기에 그것을 포기하고 말았지요. 사실 면접 보는 사람은 저 혼자였고 입사를 전제로 인성 면접을 보는 것과 같았어요. 면접에만 갔으면 백 프로 취직인 셈이었습니다. 아쉽게도 저는 그 천운의 기회를 포기하고 말았어요. 하지만 어떡하겠습니까? 어머니를 살리는 것이 중요하잖아요. 시계를 보니 두 시간 정도 남았는데 택시를 타고 곧장 이곳으로 왔어요. 저는 당연히 할 일을 했어요."

대학생이 의연한 태도를 보였지만, 어깨가 위아래로 요동쳤다. 이때 탁자 위에 있던 카이로스가 대학생의 말을 반복하면서 제자리에서 톡톡 뜀뛰기를 했다.

"저는 당연히 할 일을 했어요. 저는 당연히 할 일을 했어요. 저는 당연히 할 일을 했어요."

그러자 대학생이 그 앵무새를 바라보면서 찡긋 눈웃음을 지었다. 할머니 사장님이 대학생에게 가상하다고 한마디를 하고 그에게 주민등록증을 돌려주었다.

"고객님에게서 받은 내가의 시간은 전당포에 귀속이 됩니다. 그 시간은 또 다른 누군가, 과거의 시간이 필요한 사람에게 대출을 해 주게 돼요. 절대로 애석해하지 마세요. 이 과정에서 고객 한 명당 1년의 시간을 내가 가져갑니다. 나는 우주의 힘을 빌려서 이 일을 하고 있어요."

여기서 기억해 둬야 할 것이 있다. 고객이 고작 과거 시간 24시를 대출해서 19년(앞으로 65일 생략)을 대가로 지불한다면, 너무 많은 시간이 타임 전당포에 귀속되어 축적되는 건 아닌지 오해할 수 있다. 이 점에 대해 소상히 밝혀 드린다. 먼저, 19년에서 1년은 노동의 대가로 전당포 사장님 할머니의 몫이다. 한 고객당 1년 만이 전당포 사장님의 근로 소득이다. 그 1년을 제외한 나머지 18년 가운데 극히 일부만 남기고 우주에서 거두어 간다. 극히 일부가 어느 정도인지를 밝히는 것은 천기누설이 되므로 생략하기로 한다. 우주는 쓸데없이 남아돌지 않으면서도 유용하게 대출에 사용

되도록 남겨 둬야 할 '극히 일부량'을 정확히 알고 있다. 따라서 타임 전당포에서 고객에게 과거 시간 대출을 할 때마다 많은 시간을 귀속 받아서 축적할 것 같지만 사실은 그렇지 않다.

고객이 약속을 지키지 않고 전당포에 돌아오지 않을 때는 순식간에 그의 모든 시간이 우주의 품으로 돌아간다. 고객이 약속을 지키고 전당포에 돌아올 때 역시 결과적으로 지불한 시간 대부분을 우주가 거두어 간다. 그렇지만 후자의 경우, 전당포 할머니 사장님에게 몫으로 1년이 주어지고, 또 극히 일부의 시간이 누군가의 과거 시간 대출을 위해 남겨진다. 따라서 후자의 경우, 사람(전당포 할머니 사장님과 고객)이 물리적 시간 법칙을 거슬러 의도적으로 시간을 사용할 수 있는 것이다.

할머니 사장님의 마음 한구석이 애잔해지는 것은 어쩔 도리가 없었다. 할머니 앞에 있는 대학생의 몸에 감돌던 초록색의 아우라가 급격히 힘이 떨어지고 있었다. 이제 그 대학생에게 주어진 시간 중 20여 년의 시간이 빠르게 소진될 것이었다. 앞으로 이 대학생은 병에 걸리거나 사건 사고를 당하여 자신의 시간을 본래 주어졌던 시간보다 빠르게 끝내게 될 것이었다. 사람들은 그것을 일러 '죽었다', '돌아가셨다', '사망했다', '영면했다', '별세했다'라는 말로 표현한다.

할머니 사장님은 그 대학생의 머지않은 운명을 선명하게 바라보는 듯한 표정이었다. 할머니 사장님에게 인간 생명에 대한 애정이 없는 게 아니었다. 하지만 어쩌랴? 도도한 우주의 질서, 우주의 다르마를 어기는 것은 불가능했다.

최후의 치즈등갈비 만찬

한 젊은 직장인 여성이 혼자 식사를 하고 있었다. 그녀는 손님이 많지 않은 한 가게에 들어가 치즈등갈비를 시켰고, 주위의 시선에 아랑곳하지 않고 천천히 갈비를 뜯었다. 아직 초저녁이어서 손님이 많지는 않았지만, 등갈비는 여성 혼자 식사를 하기엔 쉽지 않은 메뉴였다. 하지만 여성은 아무렇지도 않은 듯 그저 맛있게 음식을 먹었다.

그녀는 말쑥한 정장 차림이었다. 배불뚝이 식당 주인장은 그녀를 보면서 스케줄이 빡빡한 바람에 점심을 놓쳐서 일찍 저녁을 하는 것이 아닐까라고 생각했다. 그도 그럴 것이 차림새며 당당한 태도가 비즈니스를 하다가 간신히 시간을 내어 식당에 찾아온 듯 싶었기 때문이다.

여성은 허기가 졌지만 그렇다고 급하게 식사를 하지 않았다. 천천히 치즈등갈비 한 조각 한 조각을 음미하면서 먹었다. 여성의 자리는 통유리 앞이었다. 차츰 먹자골목을 찾는 행인들이 많아지고 있었다. 키 큰 오빠 손을 잡고 맛집 탐방에 나선 귀여운 여성이 보였고, 삼삼오오 패거리를 지어 방송 탄 유명 식당을 찾는 젊은이들이 보였으며, 퇴근 후 녹초가 된 몸을 이끌어 시원하게 한잔 할 곳을 찾는 중년 직장인들도 보였다. 여성은 그 모습을 망연하게 바라보았다.

여성은 식사하는 도중에 소주 한 병을 주문했다. 가끔 술을 마시고 싶을 때가 있기는 했지만, 사실 여성은 술을 그다지 좋아하는 편은 아니었다. 여성은 반주 삼아 소주 한 병을 거의 다 비웠다. 그와 동시에 오랫동안 먹어 보지 못했던 치즈 등갈비를 실컷 맛보았다. 서서히 취기가 오른 여성의 정신이 몽롱해졌다. 그제야 거꾸로 여성은 긴장이 되는 듯한 표정을 지었다. 여성은 비틀거리면서 자리에서 일어나 계산대로 가서 카드로 계산을 한 후 밖으로 나왔다.

이른 봄의 차가운 바람이 그녀의 목덜미를 스쳤다. 어느새 어두워진 거리에는 네온사인이 반짝이고 있었고, 요란한 댄스 음악이 들렸고, 행인들이 지껄이는 말들이 들려왔다. 그녀는 조금씩 비틀거리면서 앞으로 나아갔다. 그러다가 택시 승차장 앞에 있는 벤치에 가 앉았다.

그녀는 핸드백을 열어 안을 들여다봤다. 작은 가방 안에는 수면제가 든 약통과 면도칼이 들어 있었다. 그녀는 약통을 들어 다시 그것을 핸드백에 넣으려고 하다가 손을 헛짚어 그만 놓치고 말았다. 바닥에 떨어진 약통을 집으려고 고개를 밑으로 숙여 오른손으로 약통을 집으려고 할 때, 바닥에 떨어진 홍보 명함이 눈에 들어왔다. 어떤 힘에 이끌린 듯이 그녀는 약통을 집어 벤치 위에 올린 후에 그 명함을 주웠다. 그러고는 명함을 들여다봤다.

"과거의 시간을 빌려 드립니다."
– 타임 전당포

그녀는 잘못 본 것이 아닌지 눈을 비벼 봤다. 다시 봐도 역시나 맞다. 명함 하단에는 주소와 폰 연락처가 적혀 있었다. 가만히 주소를 보니 그녀가 있는 먹자골목이었다. 그녀는 그렇지만 그것을 대수롭지 않게 여겼다. 어느새 택시 한 대가 다가와 앞에 멈추었다. 그녀는 일어서서 택시를 타려고 하다가 도로 그 자리에 앉았다. 성격 급하게 생긴 택시 기사 아저씨가 창문을 열고 한소리를 했다.

"젊은 분이 이러면 안 되지. 나도 먹고 살려고 이 일을 하는데. 탈 거면 타고 아니면 타는 척을 하지 말아야지."

여성은 싫은 소리를 듣고도 얌전하게 고개를 숙이며 죄송하다는 표시를 했다. 곧이어 택시는 앞쪽에서 비틀거리며 손짓을 하는 중년 남성 취객을 보고 그리로 달려갔다.

그 여성은 명함을 한참이나 바라보았다. 약간은 취한 탓도 있고, 또 나중에 밝혀지겠지만 절박함도 있고 해서 그 홍보 명함의 문구가 이상하게 이끌렸다. 그녀는 속는 셈치고 전화를 걸어 봤다. 착신음으로 넬라판타지아가 울려 퍼졌다.

길게 이어지는 신호음에 여성이 끊어 버릴까 할 때 "타임 전당 포입니다."라는 음성이 들렸다. 할머니의 음성이었다. 여성은 용기를 내어 물어봤는데 취기로 말을 조금 더듬었다.

"호홍홍보 명함을 봤는데요. 저정말로 시간을 빌려준다는 말인가요? 그게 전당포에서 가능해요?"

할머니 사장님이 또박또박 답변을 해 줬다.

"홍보 명함에 적힌 그대로입니다. 절대 거짓말이나 과장은 하지 않아요."

여성은 노파심이 들었다.

"내내가 지금 **먹자골목에 있거든요. 전당포 위치가 이 근처네요. 호혹시 할머니, 전화를 잘못 받은 건 아니에요? 내가 전화번호를 잘못 누른 건 아닌가요?"

"전당포는 그 먹자골목에 있어요. 전화번호도 맞고요."

여전히 노파심이 가시지 않은 여성이 또 물었다.

"하할머니 혹시 어디 편찮으신 데가 있는 건 아니시죠? 머리 쪽에 아무 이상도 없으신 거 맞나요?"

저쪽에서 몇 초의 침묵이 흐르고 나서 큰 웃음소리가 들렸다.

"치매를 말하나 보죠? 난 아직 정정하답니다. 명함에 적힌 주소가 경기도 **시 **구 **동 328-1로 나오죠. 그 동네가 **먹자골목이죠. 내 폰 번호도 말해 볼까요?"

"아, 아 아녜요. 됐습니다. 하할머니 말씀하시는 게 저보다도 정신이 말짱한 것 같으시네요. 근데 정말로 과거 시간을 빌려주실 수 있으세요?"

"암 그렇고말고요. 그런데 내가 공익 사업자가 아니라 영리 사업자예요. 전당포 사장으로서 빌려준 것에 대한 정당한 대가는 받습니다."

저쪽에서 미지의 할머니가 하는 말은 똑 부러졌고 망설임이 없었다. 이상하게 여성은 취기가 싹 가시는 느낌이 들었다. 백 프로 신뢰하지는 않았지만, 마침 전당포 위치가 지금 있는 곳에서 가깝기도 하니 일단 한번 찾아가 보고서 결정하기로 했다. 술에서 깬 듯한 여성이 담담한 목소리로 말했다.

"지금 지도를 검색해서 전당포를 방문해도 되겠죠?"

구글 지도를 따라가다 보니, 여성은 15분 정도 지난 후에 그 비좁은 골목 앞에 다다랐다. 여성은 이 골목 앞을 여러 차례 지나가 본 기억이 났다. 골목 중간에 비실비실하게 서 있는 가로등 하나가 컴컴한 골목 안을 밝히고 있었다. 여성은 또각또각 구둣발 소리를 내며 안으로 들어갔다. 얼마 뒤, 전체적으로 낡아 보이는 3층 건물이 나타났다. 그 건물의 오른쪽에는 담장이 나 있었고, 왼쪽에는 다른 3층 건물의 뒷면이 보였다. 골목 막다른 그곳에는 오직 그 건물만이 정면으로 손님을 맞이하고 있었다. 중국집에는 손님이 별로 없는 듯했다.

여성은 천천히 걸어서 건물의 오른쪽에 난 계단을 밟고 올라갔다. 타로가게, 수선집을 지나서 3층으로 올라가 안쪽으로 걸어가자 '타임 전당포' 문패가 걸린 문이 눈에 들어왔다. 여성은 노크를 하고 나서 문을 열고 들어갔다.

스산한 느낌이 드는 쇠창살 앞에 선 후 작은 목소리로 말했다.

"계십니까? 좀 전에 전화를 했던 사람입니다."

잠시 후 안에서 인기척이 들리고, 곧 스카프를 머리에 두른 할머니의 얼굴이 나타났다. 스카프 사이로 하얗게 센 머리가 보였다. 인상이 동네 할머니처럼 푸근해 보여서 어쩐지 마음이 놓였다.

"아까 전화했던 여성분이군요. 그래요, 시간을 빌릴 생각이 있습니까?"

"그게 정말로 가능하다면요."

"오랫동안 시간 대출 전당포를 해왔습니다. 저를 믿으셔야 합니다."

여성이 쭈뼛쭈뼛하며 서 있자 할머니 사장님이 말했다.

"7777*을 누르고 안으로 들어오세요."

여성은 무슨 말인가 하고 잠깐 둘러보다가 번호 키를 발견했다.

"네. 알겠습니다."

문을 열고 안으로 들어서는 그 여성을 까만 고양이가 반겨 줬다. 고양이는 낯선 사람을 두려워하지 않았다. 꼬리를 세운 고양이가 그녀에게 다가가서 그녀의 주위를 맴돌았다. 여성이 고양이를 쓰다듬어 주니 고양이는 야옹야옹하면서 그녀의 다리에 몸을 비비며 호감을 표시했다.

"크로노스. 손님을 성기시게 하면 안 되지."

"아녜요. 저는 고양이를 좋아해요."

"그럼 다행이군요. 여기 탁자로 와서 앉으시지요."

여성이 향초가 피어오르는 탁자 앞의 의자에 앉았다. 고양이는 펄쩍 연달아 뛰어올라 캐비닛 위에 올라갔다. 그러곤 쪼그리고 앉아서 집사 할머니와 고객의 면담을 지켜보았다.

여성이 긴 한숨을 내쉬고 나서 입을 열었다.

"오늘 저는 최후의 만찬을 했어요."

할머니 사장님이 지그시 여성을 바라보았다. 계속 말을 하라는 표시였다.

"저는 오늘 이 세상에서 마지막 식사를 했다고요. 흑흑."

말이 끝나기 무섭게 눈물을 흘렸다. 할머니 사장님이 여성에게 휴지를 건넸고, 여성이 눈물을 닦았다. 울음소리가 잦아들자 할머니 사장님이 입을 열었다.

"그러니까 오늘 자살을 하려고 했단 말이네요. 대체 어떤 사연이 있었기에 그런 결심을 했죠?"

여성의 입에서 나오는 이야기는 이러했다.

그녀는 전문대 졸업과 동시에 경기도의 한 무역 회사에 취직을 했다. 그녀가 하는 일은 경리였다. 집안 사정이 좋지 못한 그녀는 고등학생 때부터 전문대를 졸업할 때까지 여러 아르바이트를 전

전해야 했다. 편의점 아르바이트, 백화점 안내원, 식당 서빙, 카페 알바 등 안 해 본 일이 없었다. 다행히 전문대를 졸업하면서 작은 무역 회사에 입사했다.

4년 전, 그녀는 월급을 꼬박꼬박 모은 목돈과 직장인 대출금을 합쳐 지하철역 근처의 원룸을 전세로 얻었다. 전세 보증금은 6천만 원이었는데, 그 보증금은 저축해 놓은 4천만 원에 2천만 원의 대출금으로 충당했다. 그녀는 난생처음 월세 걱정 없이 마음 편히 발 뻗고 잘 수 있는 방을 가졌다는 것에 날아갈 듯이 기뻤다. 그녀는 회사에서 일하는 시간 외에는 거의 집에서 지냈다. 그녀의 집은 다가구 3층으로 베란다에는 아침마다 햇살이 비춰 와서 빨래가 잘 말랐다.

그녀는 이런 집이 처음이었다. 보통 사람들이 자라면서 다들 경험하는 그런 집을 그녀는 25살에 처음 경험한 것이다. 그녀는 태어날 때부터 반지하에서 살아왔다. 빨래가 잘 마르지 않고, 늘 눅눅하고 퀴퀴한 냄새가 가득한 반지하가 그때까지 살아온 집의 전부였다. 더욱이 집이 버스 종점에 있었기에 그녀는 대학교, 회사를 다닐 때 버스를 타고 또 지하철을 갈아타며 오랜 시간을 길에서 시달려야 했다. 그녀가 전세로 얻은 집의 의미는 반지하로부터의 탈출이었고, 교통 취약 지역으로부터의 해방이었다.

그녀가 보증금에 낼 사천만 원을 모으는 과정은 참말로 피 말리는 것이었다. 그녀는 회사 사람들과 점심을 먹을 때도 일이 바쁘다거나 약속이 있다는 핑계로 늘 편의점 김밥이나 도시락으로 해결했다. 회식도 직장 상사가 비용을 대는 조건일 경우에만 참석했으며, 각출 조건의 직장 언니들과의 회식은 피했다. "집에 일이 있어서요.", "아빠가 늦게 들어오는 것을 싫어하셔서요.", "요즘 몸이 안 좋은 것 같네요.", "남친을 보러 가야 해서요." 등의 말로 둘러댔다.

돈을 아끼고 모으기 위해서였다. 집에서는 쉬어 터진 김치와 전기밥솥의 쌀밥이 주식이었다. 김치가 지겨워지면 가끔 시장에 들러 제일 값싼 채소 위주의 반찬을 사 와서 먹었다. 입는 옷도 한 계절에 한 벌씩이었고, 그마저도 새 옷이 아닌 당*마켓에서 저렴하게 구입한 것이었다. 이와 더불어 각종 쿠폰을 알뜰히 모아서 물건과 음식을 사는 데 활용했다. 단돈 10원도 허투루 쓰는 법이 없었다.

그렇게 악착같이 최소 생계비만 쓰며 나머지는 저축을 했다. 여러 개의 통장에 차곡차곡 돈을 모았다. 그녀에게도 식욕이 있었다. 그녀는 밤마다 TV와 유튜브에서 나오는 먹방을 보면서 식욕을 참지 못해 괴로워했다. 그렇지만 늘 이겨 냈다.

그녀는 회사 회식 때 딱 한 번 먹었던 치즈등갈비를 잊지 못했다. 그녀는 먹자골목을 지나갈 때면 일부러 치즈등갈비집을 지났다. 회사 사람들은 다신 그곳을 찾지 않았고, 주로 삼겹살집, 치킨집, 호프집 등을 주로 찾았다. 그녀는 치즈등갈비를 다시 맛보고 싶었다. 꿈속에서도 여러 번 치즈등갈비를 먹는 자신이 나오곤 했다. 그렇지만 그녀는 돈을 모아야 했다.

그녀는 속으로 결심을 했다.

'내 집을 장만한 다음에 치즈등갈비를 먹자. 그때까지 허리를 졸라매야 해.'

시간이 쏜살같이 흘렀고, 그녀는 이십대 후반이 되었다. 그녀는 1억 대의 방 두 칸의 빌라를 내 집으로 장만하는 것이 인생 최대의 목표였다. 회사 일을 할 때를 제외하고는 오로지 집을 마련하기 위해 돈을 모으는 데 모든 에너지가 집중되었다.

원룸에 사는 동안 그녀는 전세 보증금을 포함해 1억 원을 확보해 놓았다. 이 정도의 돈이면 외곽 지역의 빌라를 장만할 수 있을 듯했다. 그녀는 퇴근 후와 주말에 집을 보러 다녔다. 이번 원룸 전세 기간이 끝나면 내 집을 장만하기로 했다. 다행히 부동산 경기가 하락함에 따라 1억 원으로도 꽤 넓은 평수의 빌라를 구입할 수 있었다. 그러던 중에 드디어 마음에 드는 한 빌라 4층을 찾았다.

그녀는 부동산 중개사와 함께 그곳을 처음 방문했을 때를 잊지 못한다. 그녀는 마치 전생에 자신이 살던 신혼집을 다시 찾아온 듯한 감동을 받았다. 그녀는 속으로 생각했다.

'여기서 살림을 차려야겠어. 아기는 하나만 낳고 남편과 오순 도순 행복하게 살아야지.'

그녀는 그날 집으로 돌아오면서 원룸 주인에게 전화를 걸었다. 저쪽에서 한 아저씨가 심드렁하게 전화를 받았다.

"아, 401호. 어떤 일이죠? 그동안 연락이 없던데 잘 지냈어요?"

"네, 덕택에 잘 지냈어요."

심드렁한 아저씨가 아무 말 없었다. 할 말 있음 해 봐란 표시였다. 여성이 숨을 들이마시고 말했다.

"다다음 달에 전세 만기잖아요? 이사 가려고요. 보증금을 잘 준비해 주십사 하고 전화 드렸습니다."

아저씨가 목구멍이 막혔는지 기침을 컥컥 토해 냈다. 그러곤 아무렇지 않듯이 말했다.

"아이고, 다른 집을 알아봤나 보네요. 웬만하면 그냥 사시지? 혹시 시집가시나요?"

"그건 아니고요. 좋은 집을 장만해서 나가려고요."

"돈을 많이 모았나 보네요. 잘됐네요. 가만 다다음 달 만기라…… 내가 보증금을 잘 준비해 보죠."

그러곤 저쪽에서 급히 전화를 끊었다. 어쩐지 썰렁한 느낌을 지울 수 없었지만 그때까지도 그녀는 별 이상이 없을 줄로만 알았다. 며칠후에 그녀는 공인중개사를 만나 빌라 4층을 계약했다. 빌라 주인 대신 공인중개사가 대리로 계약을 진행했다. 그녀는 계약금을 계좌 이체하고, 잔금은 보증금을 받은 후 납입하기로 했다.

어느새 만기일이 일주일 정도 다가왔다. 보증금을 돌려받는다면 당장이라도 빌라로 이사를 가고 싶었다. 집주인은 아직 별다른 말이 없었다. 그동안 그녀는 두 번 확인 문자를 넣었다. 그때마다 집주인이 잘 알았다며 만기일 전에 돌려준다고 답문을 보내왔다.

드디어 내일이 만기일이었다. 그런데 집주인이 아무런 연락이 없었다. 그녀가 회사 출근하면서 전화를 했고, 문자를 보냈지만 응답이 없었다. 회사에서 일이 손에 잡히지 않았다. 점심시간에 전화를 해도 역시나 전화를 받지 않았다. 기분 좋지 않은 느낌이 스멀스멀 올라왔다. 그녀는 어떻게 회사 일을 했는지 모를 정도로 정신없이 시간을 보낸 후 퇴근하자마자 집으로 돌아왔다.

다가구 원룸 1층 출입구 앞에 사람들이 모여 있었다. 평소 인사를 하고 지내던 같은 층의 직장인 남성과 여대생이 보였고, 그 외 오며 가며 마주친 기억이 나는 사람들이 서성이고 있었다. 모두 원룸 입주자들로 누군가를 성토하고 있었다.

"우리 원룸 건물이 통째로 경매에 넘어갔다네요. 집주인 개새끼가 보증금을 갖고 튀었어요!"

"집주인이 일주일째 연락이 없어요. 부모님이 시장에서 장사해서 전세보증금을 마련해줬는데 이제 어떡해요."

"집주인이 여기 말고도 옆 동네와 뒷동네에 원룸 건물 다섯 채를 갖고 있었는데 거기도 전부 경매에 넘어갔다네요. 이 도둑놈의 새끼 잡히면 다리몽둥이 붸질러버린다!"

"집주인이 인상이 좋아서 보증금 걱정은 안 하고 있었는데, 이렇게 날벼락을 맞을 줄이야. 어떻게 선한 양의 탈을 쓰고 늑대 짓을 할 수가 있습니까?"

집주인은 빌라왕이었다. 나중에 그자는 보증금 수십억을 갖고 동남아로 튀었다고 밝혀졌다. 따라서 그가 빌라를 지을 때 대출을 해준 은행은 원룸 건물을 전부 경매에 붙였다. 그리하여 입주자들은 보증금을 고스란히 날려 버렸다. 모두 사회 초년생들이었으며 그래서 부동산 계약 사항에 대해 잘 알지 못한 탓이었다. 그 누구에게 하소연해도 어쩔 도리가 없었다.

그 누구도 이들을 구제해 줄 수 없었다. 전세 사기 충격의 파도는 거셌다. 전세 사기 당한 직장인 여성 한 명이 극단적인 선택을 하여 세상과 하직을 했다는 흉흉한 소문이 돌았다. 그녀가 사는 원룸 건물에서도 한 직장인 여성이 목을 매달아 죽으려고 했다. 그런데 안 좋은 예감을 느낀 그 여성 어머니의 불시 방문에 의해 가까스로 여성의 목숨을 구했다고 했다. 어머니도 울고, 여성도 울고불고 원룸의 좁은 복도에 통곡이 울려 퍼졌다.

　전당포를 찾아온 그녀의 충격도 대단했다. 그것이 어느 선을 넘겨 버리자 그녀는 울음을 잊어버렸다. 우는 단계를 지난 것이었다. 그녀는 식욕도, 회사 일을 할 의욕도 없어져 갔다. 그녀는 며칠 후 회사를 출근하지 않고 두문불출했다. 회사에는 집안에 사정이 생겨 회사를 그만두게 되었다면서, 그동안 자신을 딸처럼 잘 챙겨 주신 사장님, 부장님께 정말 감사하다는 문자를 보냈다. 그녀는 아침 점심 저녁 불을 켜지도 않고, 씻지도 않고, 티브이도 스마트폰도 안 보고 그저 시체처럼 침대에 누워 있었다. 그러던 하루는 그녀가 어떤 생각에서인지 스마트폰을 매만졌다. 40여 분 후 다시 침대에 숨소리만 내고 드러누웠다. 다음 날 3시쯤에 그녀의 원룸 문 앞에 택배 종이 상자가 여러 개가 놓이는 소리가 들렸다. 그 다음 몇 시간 후에는 작은 종이 상자가 탁 바닥에 놓이는 소리가 들렸다. 그녀는 작은 종이 상자가 떨어지는 소리를 듣고 문을 열어 택배 상자를 모두 들고 안으로 들어갔다.

　상자는 네 개였다. 제일 큰 상자에는 원피스, 중간 상자 두 개에는 핸드백과 검정 구두가 들어 있었고, 작은 상자에는 수면제 통이 들어 있었다. 옷과 핸드백, 구두는 유명 쇼핑몰에서 구입한 브랜드 제품이며. 수면제는 텔레그램에서 일반인으로부터 구입을 했다. 그녀는 오랜만에 샤워를 하고 화장을 한 후 새 옷을 입고, 새 핸드백을 들고, 새 구두를 신고 거울을 바라봤다. 전신 거울에 비친 그 모습은 그녀의 지난 일상에서 전혀 없었던 것이다. 그녀는 그동안 돈을 아끼느라 늘 스마트폰에서 아이쇼핑만 해 왔다. 그녀는 자신의 낯선 모습을 별 감흥이 없이 바라보있다.

이윽고 그녀는 화장대로 쓰는 낡은 책상 서랍에서 면도날을 꺼내어 핸드백에 넣었다. 그다음 그녀는 자켓을 걸치고 밖으로 나와 ⁎⁎먹자골목으로 향했다.

여기까지가 그 여성으로부터 전해진 이야기다. 그다음은 앞서 소개한 그대로이다. 그녀는 자살하기 전에 평소 그렇게 먹고 싶던 치즈등갈비를 마지막으로 먹기 위해 식당으로 갔다. 그녀는 수면제를 먹은 후 손목을 면도칼로 그을 생각이었다. 오늘 식사는 최후의 만찬이었다.

이야기를 듣고 있던 할머니 사장님이 이맛살을 찌푸렸다. 휴 한숨을 길게 내쉬었다.

"그래서 죽을 생각이었군요. 쯧쯧. 아직 창창한 젊은 사람이 그러면 쓰나요?"

여성이 굵은 눈물을 흘렸다.

"더 이상 살아갈 의욕이 나지 않아요. 그 돈이 어떤 돈인데. 그 돈을 모으려고 나는 음식, 옷에 들어가는 돈까지 아끼고 아꼈다고요. 그 돈을 사기당하면서 평생을 바란 내 집 장만의 꿈이 물거품이 되고 말았어요. 흑흑."

수납장 위에 웅크리고 앉아 있는 까만 고양이가 고개를 갸웃거렸다. 그러곤 슬픈 눈망울을 한 채로 여성의 굵은 눈물을 바라보았다. 할머니 사장님이 말했다.

"힘을 내세요. 내가 시간을 빌려 드릴게요. 과거의 시간을요."

여성이 눈물을 훔쳤다.

"그 그게 대체 무슨 말이죠? 그게 가능한단 말이에요?"

"가능하고말고요."

할머니 사장님이 탁자 위에서 금테 돋보기를 들어 올려 여성의 얼굴을 자세히 들여다봤다.

"뭘 하시는 거죠?"

"감정을 하고 있는 겁니다. 사람의 뒤나미스(Dynamis)를 평가한 후 얼마의 시간을 대출할지 결정하지요."

"사람의 뒤나미스라니요?"

"쉽게 말해 사람에게 타고난 잠재력을 말해요. 다른 말로는 카르마(karma)라고 하는데 고객님 미래의 삶을 결정짓는 원인을 말해요.

"……."

골똘히 돋보기를 바라보던 할머니 사장님이 돋보기를 거두었다.

"하루면 충분히 되겠네요. 과거의 하루만 있으면 소원을 이룰 수 있어요."

이 말인즉슨 이렇다. 뒤나미스 곧 카르마가 높이 평가되는 사람일수록 대출되는 과거의 시간이 적다. 왜냐하면 적은 시간으로도 소원을 성취할 수 있기 때문이며, 결과적으로 대출의 대가로 갚아야 할 자신의 시간이 그만큼 적다는 이점이 있다. 이와 달리 뒤나미스, 곧 카르마가 낮게 평가되는 사람에게는 대출되는 시간이 많아진다. 하루로는 절대 소원을 이룰 수 없다. 그런 사람일수록 유혹과 변수가 많기 때문이다. 이와 더불어 대출한 시간이 많은 만큼 우주에 갚아야 할 자기의 시간 역시 상당히 많아진다. 자기 인생의 상당량을 우주에 돌려줘야 한다. 이것이 우주 시간의 섭리(Dharma)이다.

참고로 대출되는 시간은 하루(24시), 이틀(48시), 사흘(72시) 단위로 정해졌다. 그리고 대출 기간은 일주일(7일)로 고정이 되었다. 이는 변경 불가능한 우주 시간의 섭리, 우주 시간의 법칙(Dharma)이다. 노파심에서 한마디 보탠다. 자꾸 우주 시간의 섭리니 우주 시간의 물리법칙이니 하니 너무 허무맹랑하다고 할 사람이 있을 듯하다. 아인슈타인의 상대성 이론의 유명한 공식 $E=mc^2$을 잘 아실 것이다. 이 공식에서 왜 C(빛)의 제곱이어야 하는가라고 물을 수 있을까? 절대 그렇지 않다. C의 세제곱, 네제곱, 다섯제곱이 아니라 반드시 C의 제곱이어야 한다. 그것이 우주 물리의 법칙이기 때문이다. 이와 같이 과거 시간을 빌려주는 전당포의 대출되는 시간의 단위(24시, 48시, 72시)와 대출 기간(7일)은 딱 정해졌다는 것을 말씀을 드린다.

여성이 머리를 쓸어내리면서 할머니를 응시했다.

"그러면 대출의 대가가 무엇인가요? 내가 무엇을 지불해야 하죠?"

"타임 전당포가 봉사 단체가 아닙니다. 과거 시간을 빌려줬으니 대가로 고객님의 시간을 받습니다. 고객님은 하루 대출을 하게 됩니다. 따라서 대가로 받는 시간은 대출한 시간 24시 × 대출 기간 일주일(고정)의 7 × 1,000하면 168,000시간이니까 이는 19년 65일입니다. 앞으로 많은 시간이 고객분에게서 사라진다는 것을 명심하십시오."

그 말은 여성이 믿기 힘들었고 그냥 그러려니 했다.

"내가 전당포에 값나가는 물건을 저당 잡히지 않아도 되나요?"

"주민등록증을 맡겨 두기만 하면 됩니다. 그것은 고객님이 여기로 다시 돌아올 때 돌려 드리게 됩니다."

할머니 사장님은 책상 위의 서류철에서 과거 시간 대출 계약서를 꺼내와 그 여성에게 보여 주었다. 그러곤 중요한 사항을 알려 줬다. 소원 란에 쓰는 소원은 양심껏 자신의 분수(뒤나미스, 카르마)에 맞게 꼭 필요한 것을 구체적으로 써야 한다는 깃이다. 이를 지키면 소원이 잘 이루어지지만, 그렇지 않을 경우에는 소원 성취 가능성이 급격히 떨어진다고 주의를 주었다. 그러곤 이름과 주민등록번호, 주소, 폰 번호를 쓴 후 소원을 쓰라고 했다.

여성은 잘 알았다고 대답한 후에 과거 시간 대출 계약서에 이름, 주민등록번호, 주소, 폰 번호를 썼다. 그다음 소원 란에는 이렇게 썼다.

현재 내가 사는 원룸을 계약하지 않고,
다른 원룸과 계약서를 꼼꼼히 보고 계약하고 싶습니다.

연이어 할머니 사장님이 대출 계약서의 대출 시간 란에 "1일", 그리고 대출 기간 일주일(고정) 옆의 대출 만기일 란에 연월일과 시간을 적고 나서 대출의 대가 란에 19년 65일을 적었다.

할머니 사장님이 대출 기간 일주일(고정)을 손가락으로 가리켰다.

"과거 시간을 빌려가서 다시 여기로 오는 동안입니다. 과거 시간 하루를 빌렸다면 하루 안에 소원을 성취 후 남은 시간에 전당포로 돌아와야 하죠. 소원 성취하는 데 대부분의 시간을 허비하므로 남은 시간을 잊지 말고 반드시 전당포로 복귀해야 합니다. 일찍 전당포로 올 수 있을 것 같지만 여러 가지 변수로 인해 그게 쉽지 않기에 불과 몇 분이나 몇 초를 앞두고 전당포로 돌아오게 됩니다. 만약 대출한 시간을 지나면 과거에서 현재로 돌아올 수 있는 시간의 문이 닫혀버립니다. 영영 과거에 갇히게 되고 또한 급격히 대출자의 시간이 소멸하고 맙니다. 과거에서 현실로 돌아와 보면 일주일이 경과된다는 것을 꼭 기억하세요. 과거 시간을 대출한 시점에서 시작하여 전당포로 돌아오는 시간은 딱 일주일로 고정되어 있습니다."

곧이어 여성은 계약서 사인란에 사인을 했다. 그러고 나서 주민등록증을 할머니에게 건네고 멀뚱멀뚱 할머니 사장님을 쳐다봤다. 자, 이 소꿉장난 같은 일을 할머니가 시킨 대로 했으니 이제 어쩌란 말이냐는 표정이었다. 전세 사기로 충격 받고 자살하려던 자신이었는데 또 할머니 사장님이 치매 비슷한 증상을 보인다거나, 혹여 사기 비슷한 일이 생긴다면 당장 이 자리를 박차고 일어나서 창문 밖으로 뛰어내릴 생각이었다. 여성의 머릿속에는 할머니의 손을 뿌리치고 머리를 휘날리며 창문 밖으로 뛰어내리는 자신의 모습이 영화의 한 장면처럼 펼쳐졌다.

할머니 사장님이 말했다.

"대출 계약서 작성이 끝났네요. 이제 하루를 빌려 드리지요. 소중한 시간을 잘 사용하시길 바랍니다. 여기 전당포 문을 열고 나가면 소원을 이룰 수 있는 과거의 적절한 시각으로 돌아가게 됩니다. 돌아가는 과거의 시각은 우주 시간의 섭리가 알아서 정해주죠. 그럼 소중한 시간을 잘 사용하시고, 대출 시간내에 꼭 돌아오세요. 참, 과거는 반복되지만 시간 대출자가 인위적으로 다른 마음을 갖거나 새로운 행동을 함에 따라 전혀 새로운 일이 벌어져요. 그리고 명심해야 할 것은 원하는 대로 소원을 이루기가 쉽지 않다는 점이에요. 시간의 반복하려는 힘 때문이죠. 이것을 잘 극복해야 하는 겁니다."

심성 착한 여성은 할머니 사장님 말에 그러겠노라고 대답하고 천천히 걸어왔던 길로 돌아갔다. 전당포 쇠창살 밖으로 나간 후 전당포 문을 열었다. 그러자 강력한 회오리바람이 온몸을 휘감았고, 정신을 깜빡 놓아 버렸다.

"이봐, 미스 최."

누군가 그 여성의 등을 두드렸다. 눈을 떠보니 박 과장이 옆에 서 있었다. 등받이에 머리를 뒤로 젖혀 둔 채 깜빡 잠이 든 모양이었다.

"간밤에 잠을 못 잔 모양이네. 미스 최가 조는 모습을 보는 건 처음이야. 하하."

미스 최가 고개를 연신 굽히며 죄송하다고 했다.

"아냐, 미스 최는 항상 일을 잘 하니까 오늘처럼 깜빡 조는 모습이 더 인간적으로 보이는 걸."

미스 최가 컴퓨터 모니터를 바라보았다. 모니터 하단에 날짜와 시간이 찍혀 있는 게 눈에 들어왔다.

"아!"

진짜 과거로 돌아간 것이다. 그녀는 손거울을 들고 자신의 얼굴을 바라보았다. 변한 게 없는 예전 그대로였다. 아, 애석하게도 좀 더 젊을 때로 돌아가는 바람에 얼굴에 여드름이 여러 개 보이는 게 흠이라면 흠이었다. 그렇지만 그런 것들은 대수롭지 않게 여겨졌다. 시간은 3시 20분을 지나가고 있었다. 그러고 보니 내일 토요일 3시에 원룸 계약을 하기로 했다는 사실이 떠올랐다.

그녀는 스마트폰을 꺼내 들어 일정표를 열어 보았다. 내일 날짜를 클릭하자 이런 글이 떠올랐다.

3시 미래 부동산 전세 계약. 계약금 당일 지급

스마트 폰에서 고개를 들어 올리려고 할 때 전화가 왔다. 미스 최는 급히 복도로 나와서 전화를 받았다. 빌라왕이었고 예의 바른 목소리였다. 미스 최는 과거의 기억을 떠올렸다. 분명히 이 목소리로 전화를 걸어왔었다. 똑같이 반복이 되고 있었다.

"회사 근무 시간이시죠? 내일 부동산에 바빠서 못 갑니다. 죄송하게 되었네요. 대신 부동산 중개사가 계약을 처리해 드릴 겁니다. 이번에 참 좋은 원룸을 저렴하게 잘 구하셨어요. 오래 사시길 바랍니다."

"아 네, 잘 알겠습니다."

"앞으로 생활하다가 불편한 일이 있으면 바로 전화를 주세요. 즉각 문제를 해결해 드리겠습니다. 그럼 전화를 끊겠습니다."

과거로 오기 전에 겪었던 일이 똑같이 반복되고 있었다. 자신도 모르는 사이에 지난번과 같이 말을 하고 말았다. 내일 부동산에 가서 계약을 하면 절대 안 된다고 미스 최는 거듭 마음먹었다.

그녀의 머릿속이 뒤숭숭했다. 그녀는 회사 일을 마친 후 곧장 반지하 집으로 돌아왔다.

그녀는 벽지에 곰팡이가 핀 방에서 잠을 잔 후 다음 날 점심시간이 지난 시간에 일어났다. 빈속으로 밖으로 나와서 부동산 중개 사무소들이 몰려 있는 거리로 향했다. 다른 집을 알아볼 생각이었다. 걷다 보니, 미래부동산 간판이 눈에 들어왔다. 그곳을 지나쳐서 다른 곳으로 발걸음을 옮기려고 할 때였다. 부동산 중개 사무소 문이 열리면서 사장님이 밖으로 나왔다.

"아이고, 일찍 오셨네요. 들어오세요. 예정보다 일찍 계약서를 작성해도 괜찮습니다."

미스 최는 앞으로 계속 걸어가려고 했다. 그런데 이상하게도 마음과 달리 몸이 그 부동산 중개 사무소 쪽으로 움직이려고 했다. 미스 최는 있는 힘껏 발걸음을 세게 앞으로 향했다. 그러다가 그만 바닥에 넘어지고 말았다. 그 모습을 본 부동산 사장님이 그녀를 부축해 주고 사무실 안으로 데리고 갔다. 순식간에 벌어진 일이다. 미스 최는 어안이 벙벙했다. 이때 전당포 사장님의 말이 떠올랐다.

'참, 명심해야 할 것은 원하는 대로 소원을 이루기가 쉽지 않다는 점이에요. 시간의 반복하려는 힘 때문이죠. 이것을 잘 극복해야 하는 겁니다.'

그러고 보니 그 말처럼 몸이 예전의 일을 똑같이 반복하려고 하고 있었다. 그녀는 이를 악물었다. 부동산 사장님이 내주는 물을 입에 대지도 않았고, 곧장 밖으로 나가려고 소파에서 일어났다. 그러다 다시 넘어지고 말았다. 그녀는 소파에 어떤 힘에 의해 그냥 눌러앉게 된 듯했다.

머리가 횅한 부동산 사장님이 생글생글 웃으면서 부동산 전세 계약서를 들고 왔다.

"내가 집주인을 대신해서 계약을 진행해 드립니다."

그녀 앞에 놓인 탁자 위에 계약서가 펼쳐졌다. 미스 최는 속으로 비명을 질렀다. 이것을 거부하려고 전당포에서 과거의 하루를 대출받았건만 다시 그대로 반복되려 하고 있었다. 그녀는 숨이 막혔다. 여기에 사인을 하는 순간 자신은 자살하는 운명을 맞이해야 했다. 묘안을 생각해 냈다. 급히 스마트폰을 꺼내 119에 신고를 했다.

"여기 **시 **동 부동산 사무소 거리에 있는 미래 부동산입니다. 사람이 쓰러졌어요. 빨리 와 주세요."

그것을 본 부동산 사장님이 이게 무슨 황당 시추에이션이람? 하는 표정을 지었다. 사장님이 흥분된 목소리로 말했다.

"어디 편찮으세요? 지금 부동산 계약하고 있잖아요."

머리 횅한 사장님이 미스 최 얼굴 앞에서 손을 횅횅 좌우로 흔

들어 봤다. 미스 최는 눈을 질끈 감아 버렸고, 얼마 후 건장한 체격의 119 대원 두 명이 나타났다. 미스 최는 잘못 전화를 드린 것 같아 죄송하다고 연신 굽실거리면서 사과를 했고, 매너 좋은 대원은 괜찮다니 다행이시라며 사과를 받아 주었다. 119 대원이 밖을 나올 때, 미스 최는 함께 뒤따랐다. 거센 물살을 헤치듯이 한 걸음 한 걸음을 쉽게 뗄 수 없었고, 그 모습을 본 매너 좋은 한 대원이 부축해 드릴까요 하면서 그녀를 거의 안다시피 하고 밖으로 나왔다.

밖으로 나오자 미스 최의 몸을 감싸던 정체 모를 힘이 사라졌다. 그녀는 제자리를 폴짝폴짝 뛰어 봤다. 정상으로 돌아온 것이다. 그녀는 119 대원에게 고맙다고 인사를 한 후 달리다시피 그 부동산 거리를 빠져나왔다. 한참 달리듯이 걷던 그녀가 손목시계를 봤다.

'아, 3시가 지났네.'

그녀는 대출 만기 시간을 떠올렸다. 어제 3시 20분부터 시작해서 앞으로 20분 후면 정확히 과거 대출 24시간이 끝나는 것이었다. 그녀는 지나가는 택시를 세워 탄 후, **먹자골목으로 향했다. 그 대로변에서 내린 후 정신없이 뛰었다. 전당포가 있는 비좁은 골목이 보였고, 그리로 내달렸다. 잠깐 시계를 보니, 1분이 남아 있었다. 그녀는 숨이 턱 밑까지 차오를 정도로 뛰었다. 3층 허름한 건물의 계단을 지나서 전당포 문에 다다랐다. 그런데 전당포 문패가 보이지 않았다. 여성은 4년 전으로 돌아가 있었기에 그 시점에는 그곳에 전당포가 없었던 것이다. 여성은 잠깐 혼란스러웠지만 용기를 내어 문을 열었다. 문이 열리면서 그녀는 블랙홀에 빨려가듯이 몸 전체가 어디론가로 사라졌다.

다시 환해져 가는 시야에 형광등 아래에 을씨년스러운 쇠창살이 보였다. 그녀는 그리로 가서 사장님을 불렀다. 곧이어 할머니 사장님이 나타났다. 그녀는 할머니 사장님이 알려 준 도어록 비밀번호를 눌러 안으로 들어갔다. 그녀가 자리에 앉으며 스마트폰을 보니 정확히 이곳을 찾았던 날로부터 일주일이 지났다. 그녀는 흥분된 목소리로 말했다.

"믿기지 않은 일이 벌어졌었어요. 기적입니다."

할머니가 당연한 말을 왜 하냐는 표정이었다.

"소원은 다 이루었나요?"

"내 소원…… 일부는 이루었고 일부는 못 이루었어요. 지금 원룸과 계약을 안 한 것은 이루었지만 다른 원룸 계약은 못했어요."

"그랬었군요. 지난번에 말했듯이 시간의 반복하려는 힘 때문에 소원을 이루기가 쉬운 건 아닙니다. 하지만 다 이룬 것이나 마찬가지입니다. 지금 전당포에서 밖으로 나가면, 고객님은 전세 사기 걱정이 없는 다른 집에서 살고 있는 자신을 발견하게 됩니다.."

그제야 여성 그러니까 미스 최가 안도의 숨을 내쉬었다. 할머니가 정산을 하자고 말했다.

"하루 시간 대출의 대가로 우리 전당포에 귀속되는 고객님의 시간은 19년 65일입니다. 앞으로 여성분의 살아갈 시간에서 19년 65일이 사라지게 돼요. 그 시간은 전당포에 귀속이 되어 과거 시간 대출이 필요한 사람에게 빌려주게 됩니다."

여성은 이 모든 일이 정말인지 믿기지 않았다. 하지만 믿기지 않은 일을 실제로 겪은 그녀는 모든 것을 겸허히 받아들이기로 했다. 죽기로 결심했던 자신이 이제 다시 살아갈 수 있기에 19년이 아니라 더 이상도 우주에 내줄 용의가 있었다.

여성이 머리를 긁적이면서 기어들어 가는 목소리로 물었다.

"굳이 불쌍한 사람에게 시간을 빌려준 후 대가로 이렇게 많은 시간을 받을 필요가 있는지 의문이에요."

"오, 좋은 질문이네요. 전당포에서는 누군가에게 과거 시간을 빌려준 후 그 사람으로 하여금 많은 시간을 대가로 받습니다. 과거로 돌아가려면 우주 시간 에너지의 힘이 매우 세야 합니다. 따라서 빌려준 과거 시간 대비 갚아야 할 시간이 엄청나게 많을 수밖에 없지요. 갚은 많은 시간 가운데 내 소유는 1년뿐입니다. 나머지 대부분의 시간은 우주로 귀속이 되고, 그리고 남은 극히 일부의 시간은 전당포에서 모아서 또 누군가의 과거 시간 대출을 하는 데 사용합니다. 우리 전당포는 쓸데없이 많은 시간을 축적하지 않아요."

그 할머니의 녹소리를 앵무새 카이로스가 따라 했다.

"쓸데없이 많은 시간을 축적하지 않아요. 쓸데없이 많은 시간을 축적하지 않아요. 쓸데없이 많은 시간을 축적하지 않아요."

여성은 앵무새를 바라보며 싱긋 미소를 지어 보였다. 여성은 모든 게 이해가 된다는 듯이 고개를 끄덕였다.

"정말 고맙습니다. 저의 생명을 살려 주신 은혜를 어떻게 갚아야 할까요? 너무너무 감사해요."

여성은 할머니 사장님이 건네준 주민등록증을 받았다. 전당포를 나가는 여성의 몸을 감싸던 초록색 아우라가 차츰 힘을 잃어 갔다. 현재에 돌아와보니 여성은 예전의 원룸이 아닌 다른 원룸에 살고 있었고, 이에 안도의 숨을 내쉬었다. 그리고 얼마 후 여성은 그토록 소망하던 자신의 집, 빌라를 장만했다. 이 지구상에 자기 소유의 자그만 땅과 집을 소유하게 된 것이다.

하지만 과거 시간 대출의 대가는 피할 수 없었다. 그 사실을 잘

인식했던 그녀는 전보다 더 시간을 소중히 아끼면서 하루하루를 보냈다. 물처럼 흘러가는 시간이 아까웠던 그녀는 잠자는 시간도 아끼면서 시간을 보냈고, 그런 사이에 한 남자를 만나서 아기 한 명을 낳고 살아갔다. 그렇지만 그녀의 시간이 빠르게 소진했다. 아이가 대학생이 될 무렵 그녀는 유방암으로 지구상의 시간과 작별을 고했는데 그때 그녀는 담담하게 운명을 받아들였다.

시간 절대량 불변의 법칙

　마포대교 위를 한 30대 후반의 남성이 터벅터벅 걸어가고 있었다. 남성의 머리칼이 거세게 불어오는 바람에 마구 휘날렸다. 저녁노을에 황금빛으로 빛나는 63빌딩이 보였다. 서서히 63빌딩은 눈부시던 빛을 잃어 가고 있었다. 어둠이 내리고 있었다.

　자가용을 타고 이 다리를 건너던 남성이 이번처럼 걸어서 가기는 처음이었다. 차 안에서 보기와 달리 한강 다리는 길었다. 완전히 어두워지자 자신처럼 다리 위를 걸어가는 사람이 보이지 않았다. 다리 중간쯤에서 멈춰 선 남성은 하늘을 한번 바라보고 나서 다리 밑 컴컴한 강물을 바라보았다. 자신이 정말로 이곳에 있는 것이 맞는지 현실감이 없었다. 꼭 영화를 보는 듯했다.

남성은 점퍼 안에서 스마트폰을 꺼내 초기 화면을 지그시 바라보았다. 아내, 어린 딸과 함께 자신이 해맑게 웃는 사진이 눈에 크게 들어왔다. 아내와 어린 딸의 웃음소리가 들려오는 듯했다. 굵은 눈물방울이 떨어졌다. 어디에선가 딸의 음성이 들려오는 듯했다.

'아빠, 난 잔소리를 많이 하는 엄마보다 아이스크림 잘 사 주는 아빠가 좋아요. 아빠 사랑해.'

속에서 울음이 솟구치려고 했다. 남성은 다리의 난간을 붙들었다. 난간에 붙여진 "밥은 먹었어?", "속상해하지 마"라는 문구가 생경하게 다가왔다. 그 문구는 자신에게 전혀 위로가 되지 못했다. 이런 곳에서 그런 문구를 접하게 된 것이 이상하게 느껴졌다. 어쩌면 그 문구는 마지막 밤을 이 다리 위에서 보내는 사람들을 위한 헌사처럼 여겨졌다. 마지막 밤을 막으려고 하기보다는 마지막 밤을 장식해 주는 글처럼 보였다. 그 위로의 문구를 접하고 나서 숱한 사람들이 홀로 강물로 뛰어들었을 것이다.

남성이 난간 앞에 서 있자, 지나가는 버스에 탄 승객 일부가 이상한 눈초리로 바라봤다. 놀란 듯한 표정도 있었고, 혹시나 하는 걱정 어린 표정도 있었고, 술 취했나 봐 하는 표정도 있었다. 하지만 그 어느 누구도 당장 그 남성에게로 달려오지 않았고 119에 신고도 하지 않았다. 버스가 남성을 지나치자 승객들은 이어폰에 귀 기울이거나, 하품을 하거나, 유튜브를 보면서 자기 세계로 빠져들어 갔다.

남성은 누가 시킨 것도 아닌데 구두를 벗었다. 구두를 가지런히 난간 앞에 놓은 후 고개를 들어 올리려고 할 때 무언가 뺨에 달라붙었다. 낙엽인가 했는데 아니었다. 홍보 명함이었다. 다리의 가로등 불빛에 비춰 봤다.

……을 빌려 드립니다."
– 타임 전당포

명함 왼쪽 면 글자가 무엇인가에 긁힌 듯 벗겨져 있었다. '타임 전당포'라는 글자가 눈에 들어왔기에 남성은 '돈을 빌려 드립니다'라는 문구를 떠올렸다. 남성은 은행 대출은 물론 고리 사채까지 끌어다 썼다. 그것이 이젠 그의 목을 조르는 족쇄가 되었다. 하루하루 버티기가 힘들어지자 마포대교로 올 수밖에 없었다.

남성은 그 명함을 바람에 날려 보내려고 했는데 그것에 어떤 끌림이 일었다. 그것은 말로 표현하기 힘든 묘한 감정이었다. 남성은 뒤로 젖힌 팔을 천천히 앞으로 내리고 나서 그 명함을 응시했다.

'혹시 이곳에서 마지막으로 돈을 더 빌릴 수 있을까? 근데 전당포면 물건을 저당 잡혀야 하는데……'

남성은 자신의 손가락에 낀 금반지를 바라봤다.

'백만 원이나 대출받을 수 있을까?'

죽기로 결심했지만 남성은 처음이다 보니 우유부단했다. 이때 결정적으로 전당포 홍보 명함이 그의 자살을 연기하도록 만드는 빌미가 되어 주었다. 남성은 죽음이 하루 더 지연되더라도 누구에게 해를 끼치는 것도 아니고 자기 신상에 해로운 것도 아니며, 누군가와의 약속을 어기는 것도 아니라고 생각했다. 남성이 명함 하단을 뚫어져라 바라보니 주소는 안보이고 폰번호가 희미하게 보였다. 천천히 타임 전당포 폰 번호를 누른 후 몇 시까지 영업하느냐고 문자를 보냈다. 몇 분 후에 전당포에서 9시까지 한다고 답이 오자 그곳을 방문하기로 했다. 마포대교 근처에 세워 놓은 자가용을 몰고 타임 전당포로 향했다. 한 시간여 그 남성의 머릿속으로 자신의 삶이 파노라마로 펼쳐졌다.

남성은 유달리 신체가 강건했다. 그도 그럴 것이 그는 헬스트레이너이자, 현 더바디프렌즈 센터장이었다. 중고교 시절부터 근육 만드는 게 취미였던 그는 성인이 된 후에도 모든 일을 제쳐 두고 헬스가 1순위였다. 그런 그는 택배 배달로 나름 먹고 살아가다가 이왕이면 좋아하는 일을 해 보자는 생각으로 트레이너로 전업했다. 택배를 할 때보다 수입은 턱없이 적었지만 근육이 더 크게 우락부락해지는 걸 보는 보람과 함께 트레이너'님' 선생'님'처럼 존칭으로 불리는 것에 대한 자부심이 컸다. 택배 기사를 할 때는 전혀 맛볼 수 없는 것이었다.

그런 그는 남들보다 더 열심히 모 피트니스 센터에 근무를 했다. 시키지 않는 일도 척척 했고, 회원에게 친절하게 PT 수업을 했다. 그가 실력과 더불어 서비스까지 좋다는 소문이 자자했다. 이때 그는 신경 써서 인스타그램을 시작해서 자기를 알려 나갔다. 그러자 그의 이름을 접하고 찾아오는 회원들이 차츰 늘어갔다. 그가 근무하는 피트니스 센터의 대표는 70년대 국내 육체미 대회 1등 수상의 영예를 자랑했지만 갈수록 회원 관리에 특별한 관심을 기울이지 않고 심드렁하게 센터를 운영했다. 그런 바람에 회원들이 갈수록 줄어들어 갔다. 이때 센터 대표는 똑똑한 그에게 솔깃한 제안을 했다.

"자네 영업 수완이 좋으니 이 센터 맡아서 해 볼래? 자네도 알다시피 요즘 내가 낚시에 푹 빠져 가지고 센터에 많이 신경을 쓰지 못하는 점이 있어서 말이지."

그 말을 듣는 순간 그는 날아갈 듯 기뻤다. 대표로서 피트니스 센터를 운영할 수 있게 된 것이다.

"어떤 조건이신지요?"

"수익 배분 70:30 어때? 내가 70 자네는 30, 대신 여기 시설은 무료로 쓰는 걸로 하고 말이지."

그는 속으로 60:40으로 해 주시지 생각했지만 차마 입 밖에 내놓지 못했다. 돈 한 푼 들이지 않고 이 센터를 운영하게 된 것만으로도 엄청난 기회이자 행운이었다. 결국 둘은 70:30으로 매월 정산하기로 했으며, 나중에 수익이 크게 늘어나면 수익 배분을 재조정하기로 구두 약속을 했다.

그는 말단 트레이너 신분에서 일약 전통을 자랑하는 모 피트니스 센터의 대표로 등극했다. 그는 역시나 사업 수완을 잘 발휘하여 매출이 가파른 상승 곡선을 그려나갔다. 그런 끝에 그는 모아 둔 돈과 대출을 합쳐서 아예 그 피트니스 센터를 인수하여 지금의 더바디프렌즈 센터 대표로서 운영해 나갔다. 기존 피트니스 센터와 옆 사무실의 벽을 헐어 센터를 크게 확장했다.

이리하여 그는 불과 1년 만에 상근직 5명 비상근직 5명을 이끄는 100평 규모의 피트니스 대표로서 승승장구했다. 이때만 해도 더바디프렌즈 2호를 준비할 정도로 고객 수가 많았고 또 그런 만큼 수입 역시 좋았다.

이때, 그는 수완 좋게 심성 착하고 예쁜 여성 고객 한 분에게 무한 친절 봉사 서비스를 선보인 끝에 마음을 낚아챘다. 원래 그 여성의 전담 PT 트레이너는 체대 출신 신입이었지만, 그는 재빨리 그 트레이너의 근무 요일을 여성이 나오지 않는 날로 바꿨다. 그러곤 그 여성 고객분이 센터에 들어올 때, 인상 좋게 웃으며 다가갔다.

"이 일을 어쩌죠? 담당 트레이너가 사정이 생겨서 다른 시간대로 옮기게 되어서요. 그래서 회원분은 특별히 제가 모시겠습니다."

심성 착하고 예쁜 여성 고객분은 세상물정에 어두웠고 또 눈치가 좀 부족했다. 그러려니 하고 그 늑대 심보 센터 대표에게서 PT를 받기로 했다. 그는 센터 대표로서 그 여성 고객분에게 각종 혜택과 서비스를 무한 제공해 주었다. 이와 더불어 식단 관리를 명목으로 시도 때도 없이 여성에게 톡을 보내면서 무얼 먹었느냐, 무엇을 먹을 것이냐, 얼마의 분량을 먹을 것이냐 물으면서 연락을 이어 갔다. 이렇게 그 여성 고객분과 격의 없는 사이가 되었을 때, 그 센터 대표는 고백했다.

"당신을 평생 특별 무료 회원으로 모시겠습니다. 당신을 위해서라면 무엇이든 하겠습니다. 저를 받아주십시오. 충성!"

그러자 예쁜 얼굴만큼이나 한없이 마음이 여린 여성 고객분은 거부 사인을 보낼 용기가 없었다. "싫지는 않은데요"라는 대답에, 그 남성은 "감사합니다, 성실 근면으로 보답하겠습니다!"라고 큰 소리로 외쳐 공식 커플을 기정사실화해 버렸다.

이리하여 그는 잘나가는 피트니스 센터 대표를 하는 것과 동시에 미모의 여성과 결혼에도 골인하게 되었다. 여기까지가 잘나길 때의 이야기다.

그의 피트니스 센터가 잘 된다는 소문이 피트니스 센터 종사자들의 귀에 들어갔다. 지점을 내려고 하는 피트니스 센터 프랜차이즈 세 곳의 대표들을 비롯해 트레이너 출신 부잣집 아들 두 명과 국내 모 헬스 대회 수상자가 그의 피트니스 센터가 있는 지역에 눈독을 들이기 시작했다. 그들 중 몇몇은 스파이를 더바디프렌즈에 보내 영업 기밀, 서비스와 고객 관리 노하우 등을 입수하기도 했다.

그러다 어느 날부터 더바디프렌즈가 있는 대로변에 피트니스 센터가 하나 둘 생기기 시작하더니 불과 6개월 만에 다섯 곳이나 생겼다. 다들 최신 설비와 최고의 트레이너를 내세우는 것은 기본이고 몇 개월 무료 혜택, PT 몇 회 무료 봉사 등의 서비스를 선보였다. 매일같이 전봇대에는 거의 다 발가벗은 남성과 여성이 근육을 자랑질하는 사진이 나온 전단지가 붙여졌다. 아침, 점심, 저녁 시간 단위로 전단지가 다른 센터의 것으로 바뀌곤 했다. 참으로 홍보 경쟁이 치열했다.

강건한 체질의 더바디프렌즈 센터장은 무척이나 예민해졌다. 그렇지 않아도 차츰 고객들이 새로 생긴 피트니스 센터로 옮겨 가는 것에 위기감을 느낀 그는 대회 출전하기에는 좀 늦은 나이에도 불구하고 지방의 작은 규모의 헬스 대회에 나가 하위권 수상이라도 해서, 대대적으로 '센터장 헬스 대회 입상!' 이라는 광고를 해 볼까 해서 다이어트 중이었다. 시간이 갈수록 가중되는 불안에 예민이 폭발할 지경이었다.

불안과 예민함에 시달리는 것은 그뿐만이 아니었다. 새로 생긴 다섯 곳의 센터장들도 마찬가지였다. 문제는 한정된 고객 수에 한도 초과로 피트니스 센터가 많이 생긴 것이다. 그 결과 다들 제 살 깎아먹기를 하게 되었다. 초기에는 더바디프렌즈의 매출이 반 토막이 났고, 그 반토막이 다섯 곳 센터로 불균등하게 분배가 되었다. 그러다가 얼마 전부터 반토막에서 또 반토막이 나기 시작했다. 그 반대급부로 다섯 곳 센터 중에 두 곳은 먹고 살 만하게 영업이 잘 되었고 나머지는 아등바등하게 되었다.

시장의 현실은 냉혹했다. 영원한 1등이란 없었다. 1등의 현실에 안주하는 순간 새로운 경쟁자가 나타나서 1등 자리를 빼앗는 것이 시장의 질서였다. 이때 시장의 질서에 순응하며 합법 준수를 하느냐 그렇지 않느냐는 갈등이 생기기 시작한다. 1등을 차지하려고 수단 방법 가리지 않는다는 말씀이다. 이는 곧 살아남기 위해서라면 무슨 일이든 하게 된다는 말씀이기도 하다.

결국 사달이 나고 말았다. 더바디프렌즈에서 오전에 길가의 전봇대에 붙여 놓은 피트니스 홍보 전단지를 얌체같이 다른 피트니스 센터가 풀이 다 마르기도 전에 모조리 떼어 내고 자기네 것으로 붙인 것이다. 통상적으로 오전에 누군가 전단지를 붙이면 점심까지 유지가 되고, 또 점심때 다른 곳에서 그것을 떼어 내 자기네 전단지를 붙이면 오후까지 이어지고, 또 오후에 다른 곳에서 그 전단지를 떼 내고 자기네 전단지를 붙이면 다음 날까지 이어지는 것이 관례였는데 이것이 일시에 깨지고 말았다. 근력 부문의 종사자이자 전문가로서 많은 말이 필요하지 않았다. 말 한마디가 나오기 무섭게 웃통부터 벗어 던지는 것이 이 업계 사람들의 생리다.

더바디프렌즈 센터장은 자기네 홍보 전단지가 곧바로 떼어져 버려진다는 이야기를 듣자마자 밖으로 오토바이를 몰고 나갔다. 길가를 쭉 돌다 보니, 멀리서 감히 더바디프렌즈 홍보 전단지를 떼서 어딘가의 피트니스 센터 홍보 전단지를 붙이는 사람이 보였다. 그는 그 앞에서 오토바이를 세웠다. 그러곤 곧장 그 사내를 바닥으로 밀쳐 버렸다. 행동 후 말이 나왔다.

"이봐요, 아저씨. 이 전단지 붙인 지 10분도 안 됐는데 떼 버리면 어떡합니까? 아저씨, 나한테 감정 있습니까? 멀쩡하게 생겨 가지고 말이지."

"아이고 나 죽네. 이 작자가 사람 죽이네. 아이고 나 죽네."

그제야 행동을 잘 조절하지 못했다는 생각이 들었다.

"살살 밀린 것 가지고 엄살떨지 마세요."

"나는 아르바이트로 하는 일인데 갑자기 왜 그러십니까? 이 전봇대를 전세낸 것도 아니잖아요. 그나저나 나 허리가 다친 것 같아요. 아이고 허리야, 아이고."

그때를 잘 맞춰서 사내 두 명이 나타났다. 그 사내에게 전단지 알바를 시킨 피트니스 센터 대표와 실장이었다. 얼굴을 보자마자 낌새가 이상했다. 이렇게 빨리 현장에 나타난다는 것부터가 그랬다. 실장은 현장의 모습을 스마트폰 카메라에 담았고, 대표가 중저음 목소리를 냈다.

"이봐 형씨, 일반인에게 이렇게 함부로 폭력을 휘둘러도 됩니까? 당신 책임질 수 있어요? 내가 Y대 유도학과 출신이라는 걸 말할 수도 없고 이거야 참."

그 옆에는 덩치가 우람한 실장이 수행 비서를 하고 있었다. 그도 한마디를 보탰다.

"운동하는 사람으로서 이건 아니라고 봐요. 이 아저씨 아르바이트로 이 일을 하는 분인데 운동하는 사람이 힘을 조절 못해서야 되겠습니까?"

이와 보조를 맞춘 듯이 옆에서 흐느끼는 소리가 들렸다.

"아이고, 내 팔자야. 조카 같은 사람한테 두들겨 맞고 살아야 하나. 애고, 너무 원통해."

더바디프렌즈 센터장은 아찔했다. 이 세 사람은 잘 짜인 각본대로 움직이는 듯이 척척 보조를 잘 맞췄다. 실수했다는 판단이 들었다. 여기서 더 행동을 보이는 식으로 나갔다가는 당장 앞에 있는 두 명과 무력 충돌을 피할 수 없었는데 그것은 별 승산이 없어 보였다. 빠른 상황 수습이 중요했다.

"어쨌거나 사람 다치게 한 것은 사과드립니다. 내가 치료비를 드릴게요."

전단지 아르바이트하는 사람에게 치료비를 두둑이 드리고 또 가식적이나마 죄송한 표정을 지으며 굽실거리면 만사 끝이다. 그런데 예상과 달리 이것으로 마무리가 되지 않았다.

그 일이 벌어진 날 점심시간부터 더바디프렌즈 블로그, 인스타그램이 난리였다. 더바디프렌즈 센터장이 폭력을 휘둘러 일반인에게 상해를 입혔다는 글들이 도배가 되어 갔다. 글을 쓴 사람이 남긴 해시태그를 따라가 보니 증거물이 올라와 있었다. 그가 밀쳐 버린 전단지 아르바이트하는 사람이 길바닥에 주저앉아 눈물을 흘리는 모습이 찍힌 사진 여러 장이 보였다. 그 사진들 다음에 동영상도 나왔다. 현장에서 그가 명백히 폭력 행사를 했고 그에 대해 사과한다는 말이 들려왔다. 머리의 혈관이 터질 듯이 혈압이 올라왔다.

'쳐 죽일 놈들. 이 개새끼들이 노린 것이 이거였어. 영업을 망치게 하려고 벌인 짓이야.'

폭력 상해 더바디프렌즈 피트니스 센터 대표 장**, 이것이 만방에 까발려졌다. 이와 더불어 하루가 다르게 문의 전화가 급격히 줄어들었고, 또 만기일이 거의 다 된 회원들과 더불어 만기일이 한 달이나 남은 회원들도 더 이상 센터에 나타나지 않았다. 그리고 평소 형 동생 하는 사이의 남성 회원들, 그리고 멋진 오빠 이쁜 동생 하는 사이의 여성 회원들이 이상한 행동을 하는 것이 눈에 들어왔다. 로커룸에 보관하던 물품들을 조심스럽게 눈치를 보면서 비닐백에 담아서 밖으로 나가는 것이었다. 센터를 그만두려고 하는 것이었다.

이렇게 1년이 흘렀다. 몇백 명이던 회원 수가 50명대로 주저앉았다. 도저히 영업을 하기가 불가능해지고 말았다. 1년째 집에는 가져가는 돈이 없었고, 요 몇 달째 직원 월급을 주지 못했다. 결정적인 문제는 사채를 끌어다 쓴 거였다. 아침, 점심, 저녁, 취침 전 매일 어깨들이 전화를 해 왔다. 사실 그는 어깨들이라고 해서 크게 겁먹거나 하는 체질이 아니었다. 그가 겁먹을 수밖에 없는 이유는 어깨들의 이 발언 때문이었다.

"사모님이 이쁘신데요. 그리고 아가는 네 살인가 다섯 살인가 그렇죠?"

그는 무슨 수를 써서라도 빌린 돈과 이자를 갚겠다고 말했다. 절대 당사자 외 친족을 건드리는 몰상식한 짓은 하지 말기를 당부했다. 결국, 돈을 주기로 한 날이 내일로 다가오고 있었다. 뾰족한 대책이 없었던 그에게 한 뉴스가 떠올랐다.

'오늘 주식 투자했다가 모든 돈을 날린 한 전업 투자자가 마포대교에서 세상을 떠나려고……'

그에게 마포대교가 새롭게 다가왔다. 자신과 같이 최악의 코너에 몰린 사람들이 한 번쯤 가 봐야 할 마지막 코스가 그곳인 듯했다. 그는 자가용을 몰고 그곳으로 향했다.

더바디프렌즈 대표가 비좁은 골목이 있는 길가에 차를 세웠다. 그러곤 터벅터벅 걸어서 골목을 지난 후 허름한 3층 건물 앞에 섰다. 3층에 불이 켜진 전당포 사무실이 보였다. 1층 중국집은 왠지 모르게 을씨년스러웠다. 그의 장사 촉으로 볼 때 손님이 매우 적거나 아니면 아예 없거나 한 것으로 보였다. 이 시각이면 시끌벅적해야 할 시간인데도 불구하고 인기척이 없었다. 그는 그 중국집 사장의 타들어 가는 심정이 느껴지는 것 같았다.

'에휴, 여기도 언제 폐점할지 모르는 상황인가 보네. 사장님 지금 죽을 것 같을 거야.'

이윽고 그는 전당포 문을 열고 안으로 들어갔다. 그때 고양이 울음이 들려왔다. 고양이는 쇠창살 안에 있었다. 인기척을 느낀 누군가가 얼굴을 쑥 내밀었다. 머리에 스카프를 두른 할머니였다.

"어떻게 찾아오셨습니까?"

"한 시간 전쯤에 방문하겠다고 문자를 드렸던 사람입니다."

"아, 그분이시군요. 혹시 명함을 보셨나요?"

그는 주머니에 넣은 홍보 명함을 꺼내 들었다.

"네, 이것을 보고 전당포에 찾아왔습니다. 내가 지금 급히 돈이 필요해서요."

할머니 사장님이 의아스러운 표정을 지었다.

"타임 전당포에서는 돈을 빌려주지 않아요."

그러자 단박에 남성의 성질이 드러났다.

"아니, 전당포에서 돈을 빌려주지 않으면 뭘 빌려준단 말입니까? 여기 명함에도 적혀 있잖아요?"

할머니가 손짓으로 명함을 달라고 하자, 남성이 아주 잠깐 성질을 누그러뜨리고 그 주문에 응했다. 명함을 받아 든 할머니 사장님이 풋 웃음을 지었다.

"이런, 이게 말썽을 부렸군요. 앞의 글이 지워졌어요. 앞에는 과거의 시간이라는 글이 적혀 있었답니다. 이것 보세요."

할머니 사장님이 똑같은 명함을 쇠창살 밖으로 내밀었다. 그것을 받아 든 남성이 좀 전처럼 성질을 내면서 아 시발 뭐 이런 염병할 전당포가 다 있냐며, 내가 지금 한가한 사람이 아니며, 중요한 일을 하다가 잠시 멈추고 이곳으로 왔다고 말했다. 그러곤 제자리에서 발 구르기를 하면서 화를 내다가는 제풀에 지쳐서 주저앉아 버렸다. 세상을 잃어버린 듯 고개를 왼쪽으로 픽 꺾은 채로 눈물을 주르륵 흘렸다.

그 모습을 지켜본 할머니 사장님이 그 남성에게 매우 안 좋은 상황이 생긴 것을 알아차렸다. 그와 더불어 그의 인성을 체크해 보니, 실은 그가 못돼먹은 사람으로 보이지는 않았다. 아마 경제적인 문제로 인해 지금 인사불성이 된 듯싶었다. 할머니가 그에게 기회를 줬다.

"대체 어떤 일이 생겼었는지 들어나 봅시다. 내가 도울 수 있다면 도와 드리리다. 7777*을 누르고 들어오세요."

남자는 이게 웬 시추에이션인가 했다. 그러면서 지푸라기라도 잡는 심정으로 허망하게 앉아 있던 그는 일어서서 번호 키를 누른 채로 안으로 들어갔다. 그가 향초가 피어오르는 탁자로 걸어와서 앉았다. 까만 고양이가 창가에 두 발을 앞으로 모은 채로 앉아 있었다. 곧이어 할머니 사장님에게 그는 지금 자기가 어떤 상황에 처했는지를 밝혔다. 말끝마다 돈 돈 돈, 그것 때문에 자살하려고 했다고 했다. 크게 대단치 않다는 듯 그의 말을 다 듣고 난 할머니 사장님이 말했다.

"가정 있는 사람이 그런 몹쓸 생각을 하면 되나요? 부인과 딸도 생각을 해야죠. 그것만은 하지 말아야 합니다. 살아 있는 한 어떤 최악의 상황도 해결이 될 여지는 있어요. 근데 죽어 버리면 해결 가능성이 제로가 되는 것이죠. 그리고 설령 고객님이 죽더라도 채무는 사라지지 않고 아내분에게 넘어간다는 건 모르세요?"

듣고 있는 남성이 다 알고 있다는 듯했다.

"그래서 수개월 전에 내가 아내를 어렵게 설득해서 합의 이혼을 마쳤어요. 서류상으로 이혼이죠. 이 서류가 있기 때문에 아내는 내가 진 채무에 대한 책임을 전혀 지지 않습니다. 모든 채무를 해결한 후에 다시 서류상으로 재결합하기로 했습니다."

"오, 머리를 잘 썼군요. 그렇다고 해도 자살하지 말아야 한다는 절대 명제는 불변합니다. 조물주가 우리 인간에 나눠 준 인생이라는 시간을 사용 기한 동안 성실히 사용해야 하는 것입니다."

이윽고, 할머니 사장님은 과거 시간 대출의 개념, 대출의 대가, 주의 사항, 시간의 반복하려는 힘 등을 잘 설명해 나갔다. 설명을 다 들은 후에도 여전히 그 남성은 시큰둥하고 미적지근했다. 은근히 혹시 이 할망구가 알츠하이머? 하는 의심이 들있다.

"할머니, 아니 사장님. 혹시 요즘 헛것을 보거나 깜빡깜빡 기억을 잊어버리거나 하시지 않으세요?"

이 남성은 할머니를 향해 두 주먹을 잡았다 폈다 하는 연속 동작을 선보였다. 할머니 사장님이 눈알에 팍 힘을 주었다. 그렇다고 화를 내는 건 아니었다. 할머니 사장님은 군이 이 고객을 위해 많은 시간을 할애할 필요성을 느끼지 못했다. 자신은 설명할 것을 다 했다고 봤고, 공은 이 남성에게 넘어갔다고 보았다. 이 남성이 여전히 할머니 사장님을 의혹의 눈초리로 바라보고 자신에게 날아오는 공을 재빨리 트래핑을 하지 않는다면 (행운의) 공은 저 멀리 달아나고 말 것이었다.

할머니 사장님이 알아서 하라고 속으로 말하며 건너편의 행운목을 바라봤다. 그러자 지푸라기라도 잡아야 하는 남성은 오, 정말 신비한 일이 나에게도 벌어지나 보다고 저절로 말이 나왔다. 그러곤 속으로 '아니면 말고'라고 말하면서, 두 손을 모아서 말했다.

"사장님 제발 돈 아니, 과거 시간을 대출해 주십시오. 꼭요."

그의 눈동자에서 제법 진정성 비슷한 것이 엿보였다. 그다음은 빠른 속도로 진행이 되었다. 할머니 사장님이 대출 계약서를 남성 앞에 내놓았고, 남성은 과거 시간 대출 계약서에 이름, 주민등록번호, 주소, 폰 번호를 쓴 다음에 소원란 앞에서 멈췄다. 할머니 사장님이 양심껏, 분수껏 그리고 구체적으로 적어야 소원 성취가 된다고 말을 해 줬다. 잠시 고민 끝에 이렇게 썼다.

전단지 건으로 폭력 사건에 휘말리지 않고,
더바디프렌즈 센터를 안정적으로 운영하고 싶습니다.

할머니 사장님은 재차 남성이 앞으로 과거로 돌아가 소원을 성취하는 대가로 삶의 많은 시간이 소멸된다는 사실을 알려주었다. 남성은 과거 시간 대출도 긴가민가한데, 대출 대가로 자신의 많은 시간이 소멸된다는 것도 크게 신경 쓰이지 않았다. 어쨌거나 당장 중요한 것은 빚 없는 더바디프렌즈 피트니스 센터였다!

그 남성이 계약서 작성하는 막간에 할머니 사장님은 금테 돋보기를 들고 사내의 잠재성 곧 뒤나미스이자 카르마를 감정해 보았다. 이 남성이 소원 성취를 하기 위해서는 1일로는 부족해 보였고, 그래서 과거 시간 2일(48시)을 대출해 주기로 했다. 따라서 하루 대출 대가 시간이 '대출한 시간(하루=24시간)의 24 × 대출 기간(일주일 고정)의 7 × 1,000'인 점으로 고려할 때, 하루 대출 자가 20여 년을 갚아야 했으니 그 남성은 향후 하루 대출자의 대 가인 20여 년 곱하기 2의 40여년을 갚아 줘야 한다. 인생의 절반 이 날아가게 되었다.

이윽고, 할머니 사장님은 과거 시간 대출 계약서의 내출 시간 란에 "2일"을 적고, 내출기간 일주일(고정) 옆의 대출 만기일 란 에 연월일 시간을 적은 후 대출의 대가 란에 **년 **일을 적었다. 그러고 나서 둘은 계약서에 사인을 했다. 그런 다음 할머니 사장 님은 담보물로 주민등록증을 맡기라고 말한 후, 그 남성에게 이 때까지 했던 말의 핵심 정리를 해 줬다.

"이제 고객님은 소원을 이룰 수 있는 과거의 적절한 시각으로 돌아가게 됩니다. 돌아가는 과거의 시각은 우주 시간의 섭리가 알아서 정해줍니다. 그리고 소원을 이루고 대출시간을 지켜서 만 기일까지 돌아오지 않으면 고객님의 시간이 기하급수적으로 소 멸한다는 것을 명심하세요. 만일 고객이 과거에서 돌아오지 않으 면 우주 시간의 법칙은 고객의 시간을 회수해 갑니다. 그리고 과 거의 시간에서 전당포로 돌아올 때, 여기 현재의 시간에서는 일 주일이 경과가 됩니다. 현재에서는 고객님이 자신의 삶에서 많은 시간을 대가로 지불해야겠죠. 우주의 시간은 누군가를 위해 시간을 새로 창조하지 않습니다. 빌려주고, 갚게 할 뿐입니다. 우주의 시간은 늘어나지도 줄지도 않아요. 시간 절대량 불변의 법칙 때문이죠."

약간은 떨떠름한 표정을 지으며 남성은 쇠창살 밖으로 나온 후, 전당포 문을 열었다. 그 순간 그 남성은 강한 에너지에 휘말려 들어갔고, 정신을 잃은 그가 다시 정신이 들었을 때는 과거 시점이었다. 그의 귓가에 아내의 목소리가 들려왔다.

"여보~ 아직도 자는 거야? 얼른 일어나서 여보야가 만들어 준 몸에 좋은 닭가슴살구이 먹어야지."

그 소리를 듣고 침대에서 번쩍 고개를 들어 화장대에 놓인 달력과 시계를 번갈아 보았다. 더바디프렌즈 피트니스 센터 대표 남성은 전봇대 전단지 아르바이트 남성과의 폭력 사건에 휘말리기 이틀 전 9시 40분으로 돌아갔다. 폭력사건은 오전 8시 40분에 생겼었다. 따라서 남성은 이틀 후 8시 40분을 무사히 보내어 소원성취 후, 1시간 내에 전당포로 돌아가기만 하면 만사 오케이였다. 그러면 정확히 2일을 채우게 된다.

그는 황급히 일어나 스마트폰을 챙기면서 거실로 향했다. 놀랍게도 진짜로 과거로 돌아가 있었다. 여보야가 아침을 해주는 날이 손에 꼽히는데 특히나 오늘은 그 어느 날보다 어여뻤었기에 잊을 수 없다. 분명히 다다음 날이 그 악몽 같은 사건이 터진 날이었다. 그가 여보야에게 가서 꼬옥 껴안아 주자 여보야가 말했다.

"오, 자기야 아침부터 힘이 넘치네. 오늘 회사 늦게 가도 돼?"

근력 여보아가 당근이라고 발했다. 다시 예쁜 여보야와 함께 잠들고 깨 보니 점심시간이었다. 그는 살그머니 걸어서 나왔고, 딸아이의 방으로 갔다. 5살이 된 아이가 분홍색 침대 위에서 꿈나라 여행 중이었다. 아빠인 더바디프렌즈 피트니스 센터 대표는 반성하는 표정을 지었다.

'내가 못할 짓을 할 뻔했어. 이렇게 예쁜 딸을 두고 세상을 하직하려고 하다니, 그럼 안 되지. 절대로. 아빠가 아이스크림 많이 사줄게.'

그 남성은 씻고 퍽퍽한 닭가슴살 식사를 마친 후 회사로 출근했다. 현관문 앞에 다가가자 점심시간에 운동을 하러 나온 아줌마들이 인사를 건네 왔다. 그는 그 어느 때보다 반가운 표정으로 인사를 했다. 센터 안으로 들어가자 여기저기서 직원들의 인사소리가 들려왔다.

"오셨습니까? 센터장님."

"안녕하세요. 센터장님."

"오늘은 조금 늦으셨네요. 대표님."

오늘따라 그 요란한 인사가 다소 거슬렸다. 그 남성은 직원들에게 업무 볼 때는 인사를 안 해도 된다고 하면서 고객들이 많을 때는 목례만 해도 괜찮다고 했다. 직원들은 오늘따라 왜 이러실까라는 호기심 어린 듯한 시선으로 쳐다봤다. 혹시나 월급이 밀리는 일 혹은 월급 삭감이 생기지 않을까 염려가 되었다.

남성은 워커홀릭이었다. 가정에서 보내는 최소한의 시간을 제외하면 늘 365일 센터에 있었다. 그가 일중독이다 보니, 직원들에게도 빡센 근무 자세를 주문했다. 그러다 보니 직원들과 그 사이에는 수직적 관계가 조성이 되었다. 여기에 더해서 근력 분야 종사자 특유의 서열주의로 인해 직원들은 다소 과하게 그에게 충성 경쟁을 벌였다.

그날 하루 센터에 있는 동안 자신을 크게 돌아보는 시간을 가지게 되었다. 과거 되풀이가 되는 일이 생겼지만 그는 과거를 반성하는 마음의 자세와 새로운 행동을 하면서 시간을 보냈다. 그러면서 이런 생각을 했다.

'내가 왜 이런 무리한 지시를 내렸을까?'
  - K 직원을 상대할 때

'좀 더 친절하면서도 쉽게 가르쳐 줄 수 있었는데.'
 - 한 중년 여성 고객에게 PT를 가르칠 때

'이 고객분에게는 솔직해질 수 없었을까?'
 - 모 고도 비만 남성 고객에게 한 달에 10킬로를 뺄 수 있으
    며, 그 체중이 평생을 간다고 말할 때

다음 날의 과거도 그에게 자신을 되돌아보는 시간이 되었다. 이는 당연할 수밖에 없다. 페널티킥에 실패한 축구 선수가 경기 종료 후 연습을 하게 되면, 그때 왜 그랬을까? 하면서 반성한다. 이처럼 현재라는 게임 종료 후, 과거라는 연습의 시간을 갖게 되면 무릇 사람들은 자아 성찰을 하게 된다. 이로 인해 그 남성은 전보다 더 인간관계가 잘 되는 듯한 기분이 들었다. 부인과의 침실 관계를 비롯해 직원들, 고객분들과의 관계가 훨씬 자연스러워지는 듯했다.

시간이 빠르게 흘렀고, 그날이 찾아왔다. 그 남성은 비장한 각오로 기상하고 나서 아내에게 최후가 될지 모르는 포옹을 해 주고 회사로 출근했다. 데스크에 앉아서 시계를 보고 있자니, 그 전화가 왔다.

"대표님, 다른 피트니스 센터에서 우리가 전봇대에 붙인 전단

지를 모조리 떼어 내고 자기네 것을 붙이고 있습니다."

재생 영화를 튼 것처럼 똑같은 일이 반복되고 있었다. 그는 심호흡을 했다. 저절로 그의 오른손이 옆에 세워 둔 누군가가 놓고 간 목검으로 자석에 이끌리듯 향했다. 그 목검에 손이 딱 부딪히는 순간 그는 깜짝 놀랐다. 절대 해선 안 될 일이었다!

그의 가슴이 쿵쾅거렸고 머릿속이 복잡했다. 그는 여러 번 다짐했던 것으로 최종 결정을 내렸다. 그냥 이대로 이 자리를 고수하는 것이었다. 절대 밖으로 나가서 그 현장 근처에는 얼씬도 하지 않는 것이다. 그렇게 하여 그 사건 발생 시간을 넘겨 보려 했다. 차츰 문제의 전단지 아르바이트 남자와 만났던 시간이 다가왔다.

그런데 이상하게도 몸이 근질근질해서 가만히 앉아 있질 못했다. 이 남성의 기질은 근력 행동 우선주의 DNA로 가득 찬 데다가 청개구리 기질이 양념처럼 적당량 가미되어 있었다. 하지 말아야 할 일 앞에서 그는 용수철처럼 뛰쳐나가서 하고 싶어서 안달이 났다. 결국에는 소원이고 나발이고 까맣게 잊어버린 채로 센터 문을 열고 밖으로 나가는 자신을 발견해야 했다.

그때였다. 남편으로부터 과거 시간 대출의 비밀 이야기를 전해 들은 예쁜 여보야가 나타났다. 여보야가 눈물을 흘리면서 그를 막아섰다. 그럴 줄 알았던 여보야의 예지력이 돋보였다. 그 둘은 서로 밀치기를 했고, 보나 마나 여보야가 넘어질 수밖에 없는 상황이었다. 이때 또 여보야의 지혜가 번뜩였다.

"자기야, 민아를 생각해서 좀 참아. 흑흑."

아이스크림을 너무 좋아하는 민아(5살)는 그의 딸이었고, 그제 야 남성 센터장은 제자리에서 굳은 채로 우두커니 섰다. 그러는 동안 사건 발생이 된 시간이 지나갔다. 여보야가 말했다.

"여보, 그 시간이 지났어. 이젠 우리 예전처럼 행복하게 살 수 있어."

이제 한 시간이 남았다. 자가용을 몰고 가면 1시간 내에 전당포 에 도착할 수 있었다. 1시간 이라는 여유의 시간이 그에게 유혹의 빌미를 제공했다. 아내는 집에 있는 딸이 열이 있다며 급히 귀가 했다. 그가 멍청하게 상담실에서 앉아 있을 때였다. 5~6년 동안 한 번도 못 본 절세 미녀가 레깅스를 뽐내며 안으로 들어오고 있 었다. 긴 생머리를 귀 뒤로 넘기며 말했다.

"요즘 몸이 찌뿌둥해서 운동을 해 볼까 해서요."

이때 직원들이 상담을 하려고 했지만 그가 만류의 손길을 뻗 쳤다. 그는 연속적으로 헤헤거리면서 참 미녀시네요, 모델 아닌 가요? 미인 대회 출신이시지요? 등 예쁜 자기야가 알면 큰일 나 는 수작부리는 멘트를 날렸다. 그는 스스로를 친절 봉사 고객 만 족 상담을 하고 있다고 자기 합리화를 했다. 홀렸다는 표현을 이때 한다. 그는 정신을 홀딱 빼앗겨 버린 탓에 1시간 내 자신이 해야 할 일을 망각해 버렸다. 홀딱 도파민에 취해 버려 판단력이 흐려졌다.

눈 깜빡할 사이에 시간이 흘렀고, 여성이 참 친절하세요라고 웃으면서 동시에 크리스찬디올 무알코올 플로럴 향을 공기에 날리면서 자리에서 일어났다. 그러곤 총총 걸어서 사라졌다. 향후 특별 관리 우수 고객이 될 그 여성의 미소가 그의 눈앞에 아른거렸다.

그때 문자가 왔다.

현재 만기 시간 30분 전입니다. 연락 없이 돌아오지 않으면
계약한 대로 진행한다는 것을 명심하십시오.

그걸 보는 순간 그는 얼굴에 얼음물을 끼얹은 듯했다. 이때 또다시 문자가 왔다.

사장님~ 지금 주차장인데요.
차가 고장 난 건지 이상하게 시동이 안 걸려요ㅜ 도와주세요.

방금 전의 그 여성이었다. 그의 머리가 빠르게 돌아갔다.

'이대로 전당포로 간다고 해도 늦을 게 뻔하지. 설령 늦거나 못 간다고 해도 전당포 사장님 말대로 내 신상에 나쁜 일이 반드시 벌어진다는 보장이 없잖아. 어떤 근거로 내가 그걸 믿지. 과거로 돌아온 지금의 내 자신이 진실이고 진리야. 앞으로 내게서 시간 소멸 어쩌고저쩌고 한다는 건 믿을 수 없어.'

그는 결국 도파민의 명령을 따랐다. 냅다 지하 주차장으로 향했고, 그 미모의 신입 회원을 쿵쾅거리는 마음으로 만났다. 그는 자신에게 암시를 줬다.

'레이디 퍼스트! 연약한 여성을 보호하는 게 신사의 도리지, 암.'

그가 여성의 빨간색 람보르기니에 올라탔다. 새 차였다. 연신 시동을 걸어 보는 어느 순간 부릉부릉 시동이 걸렸다. 옆에 있던 여성이 입을 오므리며 말했다.

"실은 내가 운전 초보거든요. 근데 여기 올 때 이 차 시동을 걸려고 하니까 급발진하려고 해서 너무 당황했어요. 급히 시동을 꺼서 위기를 모면했어요. 이 차는 어제 출고를 했는데 이 모양이네요. 죄송하지만 이 차를 여의도에 있는 R 외제차 대리점으로 몰고 가 주실 수 없을까용?"

신사의 품격으로 다져진 더바디프렌즈 센터장은 "당연히 제가 모셔다드려야 예의죠, 저희 신입회원이신데요"라고 말했다. 이윽고 둘을 태운 람보르기니가 거리를 달렸다. 그 사이에 전당포 과거 대출 시간(48시)이 지났다. 정확히 그 순간부터 운전대를 잡은 그 신사, 더바디프렌즈 센터장의 손이 떨리기 시작했고, 눈이 침침해졌다. 옆에 있는 미모의 신입 회원 여성분이 그것을 알아채고 얌체같이 속엣말을 했다.

'사고라도 나면 어떡하냐고. 내가 이번 주에 소개팅이 몇 건인데.'

그러곤 비즈니스 미소를 지었다.

"혹시 어디 안 좋으신 데라도 있어요?"

남성은 이마에서 땀을 흘렸다.

"아, 괜찮습니다. 제가 강철 체력 아닙니까?"

남자는 쏟아지는 졸음을 참으려고 애썼다. 남성은 내비게이션이 알려 주는 대로 여의도의 R 외제차 대리점으로 향했다. 빨간 람보르기니는 마포대교 위를 요란한 배기음을 내며 달렸다. 과거로 돌아가기 전에 그 남성이 투신자살을 하려고 왔던 마포대교 중간 위치가 가까이 다가왔다. 남자는 눈꺼풀이 무거워 눈을 감아 버렸고, 그와 동시에 오른손이 핸들을 놓쳤다. 반사적으로 옆의 조수석에 있던 미모의 신입 회원 여성이 비명을 질렀다.

"엄마야!"

그다음 빨간 람보르기니는 난간을 뚫고 한강의 수면 위로 떨어졌다.

다행히 스킨 다이빙 자격증을 갖고 있던 신입 여성 회원은 조수석 문을 연 후, 유유히 밖으로 빠져나왔다. 그러곤 한강 수면 위로 얼굴을 들어 올리면서 얼굴을 덮은 생머리를 요염하게 뒤로 쓸어 넘겼다. 이 일은 뉴스에서 한강에 추락한 람보르기니에서 기적적으로 생환한 미모의 여성이라며 대대적으로 소개되었다. 카메라맨은 시청률을 계산했는지 물에 젖은 여성의 전신을 클로즈업 촬영해 주었다. 남성은 어떻게 됐냐고? 그의 시간이 다했기에 더 이상 물어보고 자시고 할 게 없다.

그의 시간은 우주의 손에 의해 우주로 회수가 되었다. 같은 시간 타임 전당포에 담보로 맡긴 그의 주민등록증이 새카맣게 타 들어 갔다. 우주의 시간은 늘어나지도 줄지도 않는다. 우주는 빌려준 과거의 시간을 갚게 할 뿐이다. 이리하여 우주는 시간을 본래 그대로 유지하면서 태평양처럼 출렁거린다.

사랑을 택한 은둔여성

"아이씨, 고양이에게 밥 주지 말라니까 자꾸 말을 안 듣네. 밤낮으로 시끄러워 죽겠네."

배불뚝이 아저씨가 아파트의 화단에서 신경질을 냈다. 하얀 러닝셔츠를 입고 헐렁한 반바지에 슬리퍼를 신은 중년 아저씨가 아파트 뒤쪽 화단에 놓인 길고양이 밥그릇을 발로 차 버렸다. 새끼 길고양이들이 놀라서 제각각 방향으로 도망쳤다.

그 아저씨는 아파트 1층에 거주하고 있었다. 그 아파트로 말할 것 같으면 머지않아 재개발이 점쳐지고 있었다. 벽 페인트는 진작 벗겨졌고, 몇몇 가구에는 물이 새고, 대다수 세대의 베란다 난간이 심하게 녹이 슬다 못해 아슬아슬 추락 직전이었다. 그 중년 아저씨 정수리의 직각 위로 녹슨 에어컨 실외기가 흔들거리고 있었다. 그걸 까맣게 모르는 아저씨는 천하태평이었다.

화단 안쪽으로 다가가더니 고양이 집을 집어서 내던지고는 두 발로 팍팍 짓밟아 버렸다. 엄격히 타인의 재물 손괴죄에 해당하는 일을 하고 있었다. 그런데도 아무 죄책감 없이 이런 말을 지껄였다.

"고양이들이 균을 옮기면 어떡하려고 고양이 집을 만들어 주는 거야!"

그 모습을 본 야구 모자를 쓴 여성이 걸어오다가 멈칫했다. 아저씨가 그걸 보고서는 한 걸음에 달려왔다.

"당신 짓 맞지? 인상착의를 보니까 맞네. 내가 고양이 밥 주지 말라고 몇 번이나 벽에다 주의 당부 글을 붙여 놨냐고! 내 말을 무시하는 거야?"

그러곤 아저씨가 여성이 어깨에 멘 천 가방을 낚아챈 후 안에서 봉투 한 개를 빼앗아 그걸 열어 봤다.

"이것 보라고, 고양이 사료 맞네. 아주 고양이들을 사육하고 자빠졌네. 이럴 거면 집에 데려다가 키우던가? 왜 다른 주민에게 피해를 주냐고!"

아저씨가 그것을 바닥에 던져 버렸다. 여성은 공포에 떨려 입이 차마 떨어지지 않았다. 다행히 지나가던 한 주부가 그 모습을 보고 다가왔다.

"이보세요. 이러시면 안 되죠. 이건 명백히 위법입니다. 길고양이에게 주는 사료, 고양이 집은 타인의 재산인데 이렇게 함부로 내동댕이치면 안 되죠. 법적으로도 길고양이를 함부로 다루지 못하도록 되어 있어요. 이러면 경찰에 신고합니다."

법적, 경찰, 신고 이런 단어가 튀어나오자 그제야 러닝셔츠 차림의 아저씨가 정신을 차렸다. 연이어 똑부러진 주부님이 윽박질렀다.

"아파트가 여러 가구가 공동으로 생활하는 곳인데 선생님처럼 내의 차림으로 다니는 것부터가 예의가 아니라고 봅니다. 자신부터 예의를 지키시고 다른 사람 흠을 잡으시던가요?"

러닝셔츠 아저씨가 쩝 소리를 내고 배를 위아래로 쓸어내렸다. 가정에서 아내분에게 단단히 잡혀서 지내는 모양인 듯했다. 군기 센 아내분이 연상이 되는 듯 찍소리를 못하고 고분고분해졌다.

"우리 다 함께 사는 아파트잖아요? 그래서 깨끗하고 청결한 공간을 만들어 보려고 한 거죠. 안 그래요? 안 그러십니까?"

뿔테안경을 쓴 여성 주부님은 오케이라는 사인을 보냈다.

"서로 예의를 지키면서 지내자고요. 길고양이도 소중한 생명이니까 보살펴 주는 게 당연하잖아요? 이 여성분이 자비를 털어서 사료를 구입해 길고양이들에게 주는 겁니다. 좋은 일을 하고 있죠. 그리고 길고양이가 아파트 단지에 쥐가 꼬이는 걸 막아 주는 역할을 하고 있는 것도 알아주셨으면 하고요."

야구 모자를 푹 눌러쓴 여성은 눈물을 글썽이며, 바닥에 버려진 건사료를 손으로 주워서 비닐봉지에 넣었다. 그다음 그것을 캔 사료가 들어 있는 천 봉두 안에 넣었다. 두툼한 천 봉투를 어깨에 메고 여성은 다른 장소로 이동했다. 아파트 단지 입구를 나온 후 횡단보도를 건넜다. 주택가를 걸어가던 여성은 아무도 살지 않는 2층 양옥의 열린 대문 앞에서 멈춰 섰다. 어디에선가 에옹 에옹 거리는 새끼 길고양이들의 울음이 연이어 들려왔다.

조금 있자, 대문 밖으로 노란 새끼 길고양이 한 마리가 뛰쳐나왔다. 여성은 그 녀석의 머리를 쓰다듬어 주면서 안으로 들어갔다. 마당에는 대여섯 마리의 고양이들이 있었다. 어미와 아빠 길고양이를 포함해 새끼 길고양이들이 경계심 없이 여성을 반겼다. 어미와 아빠 길고양이는 점잖게 누워 있었고, 여러 새끼 길고양이들이 여성에게 달려들었다. 여성은 한 마리 한 마리 쓰담쓰담을 해 주었고, 갖고 온 마른 사료와 캔 사료를 사료통에 넣어 주었다.

여성은 그곳을 나온 후에도 다른 곳을 찾아가 길고양이 사료를 주었다. 여성은 어두워진 밤을 이용해 혼자 서너 곳에서 길고 양이에게 사료를 주는 캣맘이었다. 오늘따라 여성은 길고양이들에게 밝은 웃음을 건네지 못했다. 여성은 길고양이의 삶이 처량하게 느껴졌는데 실은 자신도 그와 비슷하게 여겨졌다. 누군가의 손에 길러졌다가 매정하게 버려져서 길에서 쓰레기봉투를 뜯으며 살아가야 하는 길고양이의 생처럼 세상으로부터 버려져 살아가는 사람도 있었다.

모자를 눌러쓴 호리호리한 여성은 얼핏 30대로 보였지만 실제 그의 나이는 40대 중반이었다. 아직 미혼인 그녀는 혼자 아파트에 살면서 인근 길고양이들에게 사료를 주고 있었다. 젊었을 때는 상당한 미녀로 소문이 났었는데 지금도 여전히 준수한 외모를 가지고 있었다. 여성은 오랜 세월을 가족들로부터도, 지인으로부터도, 이웃으로부터도 단절된 채로 살아가고 있었다.

여성은 원래 평범한 직장인을 꿈꿔 왔었다. 서울 소재 중위권 영문학과를 졸업한 여성은 방송국과 광고 회사 취직을 희망했지만 그 꿈을 이루지 못했다. 갑작스레 경기가 얼어붙으면서 신입사원을 뽑는 데가 극히 적었으며 그 최소한의 기회도 다른 사람 차지였다. 유학파이거나, 명문대 출신이거나, 아니면 연줄이 있거나. 그녀는 활발한 회사 분위기에서 활동적으로 일을 하고 싶었다. 방송국의 경우, 경기권이나 지방권이라도 붙었으면 했다. 그게 쉬운 게 아니었다. 그녀는 방송국에서 PD나 기자를 하고 싶었지만 그 꿈은 물거품으로 서서히 변해 갔다. 광고 회사의 경우, 대다수가 재정적 상황으로 인해 정직원을 잘 뽑아 주질 않았다. 인턴을 뽑은 후 일회용품처럼 버리는 일이 허다했다. 사실상 그녀는 자신이 바라던 직장에 취직하는 것이 불가능해졌다.

그녀는 서른 중반의 나이까지 고시생처럼 아침 일찍 도서관에 가서 저녁 늦게까지 각종 취업 책을 붙들었고, 높은 점수를 받으려고 이어폰을 끼고 토익 공부에 열중했다. 치열한 취업 준비 생활을 보냈건만 끝내 원하는 직장에 취업하지 못했고, 모 중소광고회사 인턴을 하다가 잘린 후 좌절감에 빠진 그녀는 서른 후반 나이에 공부를 포기한 채로 은둔 외톨이 생활을 시작했다. 그게 현재까지 이어지고 있었다. 간간이 밤에 나와서 불쌍한 길고양이에게 사료를 주는 게 그녀의 유일한 낙이었다. 그녀에게는 여느 청춘처럼 진정한 연애가 없었다. 남자와 두 번 썸싱이 있었지만 연애로 이어지지는 않았다. 한 번은 지금도 포기한 게 후회되고, 또 한 번은 농락당한 것이므로 두 번 다시 생각도 하기 싫었다.

한 번은 대학 1학년 때. 그날도 아침 일찍 도서관으로 향했고, 눈부신 5월이었다. 그녀는 그날따라 설레는 감정을 숨길 수 없었다. 다른 때와 달리 맘껏 화장과 패션에 신경을 쓴 그녀는 학교 정문을 지나 도서관 정문으로 걸어갔다. 그러곤 학생증을 꺼내 출입구에 찍으려고 했을 때다.

"저기요."

핸섬한 남자 대학생이었다. 이런 멘트를 날리는 걸 보면 초보 냄새가 팍팍 났다. 여성이 고개를 돌려서 그 남학생을 바라봤다. 0.3초에 남학생을 위아래로 스캔했다. 그러자 남자가 얼어붙었다.

"혹시 잠깐 대화를 할 수 있을까요?"

또 초보 아마추어 멘트를 구사했다. 여성은 샴푸 냄새를 폴폴 풍기며 남자를 응시했다.

"무슨 일 때문이시죠?"

"아 그게 그냥 여쭤볼 게 있어서요."

이 초보 아마추어가 머리를 긁적거렸다.

"지금 도서관에 가서 자리를 잡아야 하는데요."

"그러시구나. 저도 도서관 들어가는 중인데요. 함께 들어가시죠."

그러곤 둘이 안으로 들어가며 대화를 나누었다. 남학생은 보무도 당당한 법학과의 ROTC였다. 사실, 좀 전에 여성이 남자를 스캔했을 때 외모는 통과였다. 그랬기에 여성은 그 남성에게 기회를 제공한 거였다. 1층 열람실 입구에서 둘이 멈추었고, 여성이 말했다.

"저는 여기서 공부를 해요."

"그러시더라고요. 열심히 공부 하시던데."

"절 자주 보셨나 보죠?"

"몇 번 지나가다가요."

초보 숙맥의 귓불이 붉어지려고 했다. 남학생은 속으로 '단결' 군인 정신으로 돌파하자라고 생각했다. 여성이 남학생에게 물었다.

"하실 말씀이 뭔가요?"

"괜찮으시면 점심시간에 식사를 같이 하실래요? 구내식당이나 아니면 정문 앞 후쿠오카 돈가스집에서 어떠세요?"

여성이 잠깐 머뭇거리다가 결심했다.

"좋아요. 12시에 돈가스집에서 봬요."

여성은 그동안 소개팅을 한 번도 하지 않았다. 과 학회도, 동아리도 하지 않고 입학하자마자 도서관을 다니면서 취업 준비에 올인했다. 친한 과 선후배, 동아리 선후배도 없었다. 도서관에 일찍 와서 점심시간까지 공부하고 구내식당에서 식사를 했고, 중간에 강의를 듣다가 저녁이 되면 간단히 샌드위치나 김밥으로 저녁을 때웠다. 다시 늦게까지 도서관에 있다가 문 닫을 때 자취하는 원룸으로 귀가했다. 어학 학원에 가는 날 오후에는 학원 옆 편의점에서 컵라면을 먹었고, 학원이 끝나면 집으로 귀가했다.

여성이 늘 앉는 도서관 자리 근처에서 공부하는 다른 과 여학생 세 명이 있었는데 그들이 여성의 유일한 말벗이자 밥 친구였다. 휴식하러 휴게실에 나올 때와 식사 시간 때 여성은 가능하면 그 여학생들과 어울렸다. 그 여학생 중 한 명은 여성과 함께 어학학원을 다녔다. 그녀는 일상의 모든 것을 취업 공부에 철저히 맞춰 놓았다. 인간관계도 취업 공부에 방해되지 않는 선에서만 하고자 했다. 그러다 다른 과 여학생 두 명이 벌써 남친이 생겨서 시간 날 때마다 카톡질을 했고, 식사 시간에도 황급히 남친과 약속이 있다며 다른 곳으로 갔다. 나머지 한 명과 식사를 하는 날이 많아졌는데 그 여학생이 도서관에 나오지 않거나, 과 행사에 참가하느라 자리를 비우는 날에는 그 여성 혼자였다.

혼자 공부를 하기 위해서는 점심시간과 저녁 시간 밥 친구가 절실했다. 여성은 무덤덤하게 여기며 혼자 구내식당이나 구내 상점 앞 휴게실에서 식사를 했다.

그 여성은 요즘 며칠 혼자 식사를 해 왔기에, 그 남학생이 식사를 하자는 제안에 흔쾌히 오케이 사인을 보냈다. 식사를 함께 하고 나서, 그 남학생이 폰 번호를 요구해 왔다. 여성은 밥값으로 생각하고 알려 줬다. 이로부터 여성은 그 남학생을 세 번 더 만났다. 하지만 여성은 토익학원 갈 시간에 만나자는 남자 대학생의 카톡이 점점 거슬리기 시작했다. 여성은 단 한 번도 토익학원에 지각한 없었는데 남자를 만나고 나서 딱 한 번 아슬아슬 지각할 뻔했다. 금발 머리 미국인 남자 토익학원 강사도 한국어로 "미스 박, 오늘 무슨 일 있었나요?"라고 물을 정도였다.

여성은 자신의 빡빡한 취업 준비 루틴이 깨지는 것을 극도로 싫어했다. 아니 그것을 두려워했다. 그러다 보니, ROTC의 박력 넘치는 데이트 신청이 그리 달갑지 않았다. 세 번째 학원에 가는 날을 피하고 만난 날 저녁, 여성은 귀가하면서 남자 대학생에게 단도직입적으로 카톡을 보냈다.

아무래도 요즘 내가 시간이 안 나서 더 이상 만날 수 없을 것 같네요. 그만 만나요. 죄송해요.

또 한 번은 중소 광고 회사 인턴 때. '금턴'이라고 할 정도로 자리가 잘 나지 않는 인턴 자리를, 그 여성은 꿰차는 데 성공했다.

여성은 이곳에서 정규직이 되기 위해 고군분투했다. 그녀가 한 일은 카피라이팅이었다. 대학생 때 이미 광고 관련 공모전에서 다수의 수상 경력을 자랑하던 그녀였기에 내심 그 일을 누구보다 잘할 자신이 있었다.

'이제 나에게도 쨍하고 해가 드는구나. 최고의 실적으로 반드시 정규직으로 채용되어야겠어.'

이런 그녀였기에 회사에서나 집에서나, 평일이나 주말이나 매일 강행군이었다. 회사 가기 전에 미리 예습, 갔다 와서 복습은 물론 비 근무 시간에도 늘 회사 업무를 준비하거나 보충했다. 그리하여 그녀가 선보인 카피들은 직장에서 좋은 평가를 받았다.

모 여대 출신 대리 왈, "오 상당히 솜씨가 좋네. 내가 위기감을 느낄 정도야."라고 했고, 모 미국 유학파 출신 남자 과장 왈, "꽤 수준급이네. 앞으로 회사에서 인정받겠어요."라고 했으며, 모 K대 출신 팀장 왈, "솜씨가 매우 좋습니다. 뉴욕 페스티벌 광고제에 출품해도 될 정도야. 내가 재일기획에 있을 때 그랑프리상을 수상했을 때가 떠오르네요."라고 칭찬했다.

표면적으로 그녀는 회사에서 인정받은 셈이다. 시간이 지나 높은 평가를 받게 된다면 정규직은 따놓은 당상이었다. 근데 회사에는 꽃다운 미혼 청춘들이 많았기에 남녀끼리 꼬일 수밖에 없는 구조였다. 여성에게도 꼬이게 될 남자가 등장했다. 그는 미국 유학파 출신 과장이었다. 그는 회사에서 실력을 인정받고 있었으며, 여성 직원들에게도 인기가 많았다. 어느 날부터인가 회사에서 그녀에게 특별하게 대해 주기 시작했다. 자잘한 일을 챙겨 주기도 하고, 여성이 실수를 해도 괜찮다며 과장인 자신의 잘못이라고 말했다. 호감 어린 행동이 점차 많아졌다. 하루는 그가 회식 후 귀가할 때 살짝 술 취한 목소리로 그녀에게 말했다.

"처음부터 너를 좋아했었어. 우리 사귀자."

알코올 한 모금도 못 마시는 여성은 맨정신에서 그 소리를 들었다. 처음엔 당황했지만 그 여성도 그의 마음을 눈치채고 있었다. 솔직히 여성은 정규직을 향해 100미터 달리기를 하는 입장인 관계로, 그와 교제를 하는 것을 원치 않았지만 그가 직장 상사이므로 대놓고 "노!"라고 할 처지가 아니었다.

이날 이후로 유학파 출신 과장은 적극적이고 대담하게 들이댔다. 그럼에 따라 여성도 자기 속에 감췄던 여성성이 움트기 시작했으며 그의 만남 요청을 두 번 들어줬다. 여성은 백 프로 그를 맘에 들어 하지는 않았지만 그가 자신의 정규직 채용에 일정 정도 입김을 발휘할 것으로 봤다. 그가 하는 말로는 이랬기 때문이다.

"내가 미국 유학파잖아(하와이 모 대학 출신). 그러니까 발이 넓어. 알고 보니까 우리 회사 대표가 내가 미국(하와이)에서 모시던 교수의 친구분과 잘 아는 한국의 모 기업 대표님의 조찬 모임

회원이더라고. 내가 한국에 돌아와서부터 그 조찬 모임에 나가고 있잖아. 그래서 말이지, 내가 대표님과 핫라인이 있다 그 말인 거지."

그 말을 들은 여성은 설레었다. 그가 완전 맘에 든 건 아니지만 맘에 들려고 하고 있었다. 하지만 한 달 뒤에 서로 정분이 났다고 회사에 소문이 쫙 퍼지고, 팀장이 여성을 면담실로 호출했다.

"이것 봐, 내가 잘 한다 잘 한다 하니까 버르장머리가 없네. 어디 인턴 주제에 회사 물을 더럽히고 있어. 자네가 과장을 꼬신 건가? 이봐 정신 좀 차리라고. 과장은 미국(하와이)에 처자식이 있는 몸이야. 어디서 간통질을 하는 거야?"

'간통질'이라는 소리를 듣고 충격을 먹었다. 그는 단 한 번도 자기 입으로 결혼했다는 얘기를 한 적이 없었다. 그와 본격적으로 교제를 해 보려던 여성이 그에 대해 여성 직원들에게 자세히 물어보지 않은 것이 후회가 되었다. 여성은 회사에서는 회사 일에 집중하고, 퇴근 후 회식에서도 여성 직원들과 사적인 대화를 잘 나누지 않았다. 그로 인해 외국물 냄새 물씬 나는 과장이 바람둥이인지, 유부남인지, 대표와 인맥이 있는지 등에 대해 정보 수집을 못 한 것이다. 배신감과 억울함에 여성은 눈물이 났다. 모든 게 끝이라는 생각이 들었다. 후회가 엄습했다.

'과장의 유혹을 참아 냈더라면 정규직으로 입사할 수 있었는데.'

여성의 나이가 서른 후반으로 향해 갈 때였다. 그녀는 취업을 포기했다. 이와 더불어 혼기가 지나가고 있었지만 연애도 하지 않았다. 그녀는 모든 일에 대한 의욕을 상실하고 말았다. 외동딸인 그녀와 함께 살던 부모님은 그녀를 포기하고 마음에 생긴 병을 치료하러 전원주택으로 낙향했다. 간간이 그녀를 찾던 부모님도 더 이상 찾지 않았고, 오래된 아파트에서 그녀 혼자 살아갔다. 그녀는 대부분의 시간을 아파트에서 지냈고, 시간은 년 단위로 빠르게 지나갔다. 어느새 그녀는 40대 중반의 나이가 되었다.

그렇지만 여성은 세상 사람들과의 관계를 이루면서 함께 나이가 들어가는 경험을 하지 않았기에 심리적으로는 여전히 30대에 머물러 있었다. 말투도, 입는 옷도, 헤어도, 최소한의 화장도 다 30대의 그것이었다.

여성이 마지막 장소에서 길고양이 사료를 주고 난 후 귀가를 할 때였다. 야옹 하는 귀에 익은 고양이 소리가 들리면서 까만 고양이가 나타났다. 그 고양이는 오랜만에 그곳에 나타났다. 여성은 그 고양이가 길고양이가 아니라 누군가에게서 돌봄을 받는 고양이라는 것을 알고 있었다.

"마실 나왔구나. 그동안 잘 지냈니?"

까만 고양이가 다가왔다. 근데 고양이가 입에 뭔가를 물고 있었다. 까만 고양이가 그것을 집어 보라는 눈빛을 보내자 여성이 그것을 집어 들었다. 타임 전당포의 홍보 명함이었다. 여성은 그것에 잠시 눈길을 준 후 호주머니에 넣었고 까만 고양이를 쓰담쓰담해 주었다. 얼마 후 까만 고양이는 어디론가로 사라졌다.

여성이 집으로 돌아오자 다섯 마리의 고양이들이 그녀를 반겼다. 여성은 소파에 앉아 다섯 마리를 모두 쓰담해주었고 명함을 까맣게 잊어버렸다. 그러다가 세면실에서 씻고 나온 후 여성은 그것을 기억해 냈다. 소파에 앉아서 명함을 꺼내어 명함의 글귀를 읽어 봤다.

'뭐야, 과거의 시간을 대출해 준다고? 뭐 이런 전당포가 다 있지?'

여성은 소파에 그대로 누워서 천장을 바라봤다. 여성은 누군가의 장난인지 모르겠지만 과거의 시간을 대출해 주는 전당포가 진짜로 있다면 정말 좋을 것 같다는 생각을 했다. 여성은 뒤척이다가 명함에 적힌 전화번호에 전화를 걸었다.

"여보세요."

"네, 타임 전당포입니다."

할머니 음성이 들려와서 조금 안심이 되었다.

"홍보 명함을 보고 전화를 드렸어요. 과거의 시간을 대출해 주시나요?"

"그야 당연하죠. 그 일을 하고 있으니까 홍보 명함을 만들었지요. 혹시 과거의 시간을 대출하고 싶으시다면 여기로 오세요."

할머니의 목소리가 차분했기에 왠지 모르게 믿음이 생겼다. 여성은 진짜 과거의 시간 대출을 확신한 것은 아니며 그것에 대해 이야기를 나누는 것만으로 위로가 되겠다 싶었다. 그리하여 여성은 다음 날 오후에 전당포를 방문하기로 했다.

그날 여성은 생생한 꿈을 꿨다. 한 할머니가 나타나서는 어린 여성에게 더 이상 울지 말고, 나오라고 손짓을 했다. 자신은 초등학생 때의 모습으로 나왔고, 자상한 표정의 할머니가 어여 캄캄한 다락방에 숨어 있지 말고 밖으로 나오라고 했다. 초등학생인 여성은 왈칵 울음을 터뜨렸다. 그러면서도 가슴이 환해졌다. 여성이 컴컴한 다락방에서 나오자 찬란한 햇빛이 여성의 얼굴을 내리비추었다.

"까망아, 여기가 집이었구나."

여성이 전당포 쇠창살 안으로 들어오자 자신을 반겨 주는 까만 고양이에게 말했다. 역시 이 고양이는 길고양이가 아니었다.

"이 고양이를 본 적이 있나 보죠?"

"네, 은하수 아파트 단지 근처 동네에서 길고양이에게 밥을 줄때 여러 번 봤어요. 털 상태가 좋고 말도 잘 들어서 길고양이가 아니라 마실 나왔다는 걸 알 수 있었어요. 분명 이 고양이 맞아요. 파란 눈이 특이해서 기억하고 있고요. 이 고양이가 전당포 명함을 입에 물고 왔었어요."

까만 고양이가 그녀의 다리에 부비부비를 했고, 기분이 좋은지 연신 야옹야옹거렸다. 그러던 까만 고양이가 책상 위에 놓인 홍보 명함함으로 가서는 입으로 톡톡 쳤다. 할머니 사장님이 보기에도 확실히 여성이 고양이를 알고 있는 듯 보였다.

"그러게요. 크로노스가 고객님에게 홍보 명함을 전해 준 것 같네요."

"고양이 이름이 크로노스였나요? 그게 무슨 뜻인가요?"

"네, 자연적 시간을 뜻하는 그리스신화에 나오는 '시간의 신'입니다."

"그렇군요. 이름이 멋지네요."

"저기 새장의 앵무새 이름은 카이로스, 곧 특별한 기회의 시간을 뜻하는 '기회의 신'이고요."

향초가 피어오르는 탁자에 마주 보고 앉은 그 둘을 졸다가 깬 앵무새가 바라보았다. 여성은 원래 처음 보는 사람과 말을 잘 섞지 못하는 편이었지만 까만 고양이가 전당포 사장님과의 거리감을 좁혀 주었다. 여성이 까만 고양이를 예전부터 알고 있었던 것처럼 할머니 사장님도 알고 있었던 듯이 격의가 없었다. 까만 고양이가 전혀 모르는 낯선 두 사람을 순식간에 낯익고 친근한 사이로 만들어 주었다.

여성은 참으로 오랜만에 누군가와 대화를 나누었다. 그것도 처음 보는 사람과. 평소 고양이를 좋아하는 여성인지라 까망 고양이 집사인 할머니 사장님에게는 경계심이 사라진 것이다. 그래서 말수 적은 여성이 오늘따라 말을 많이 했다.

"내가 원래 처음 보는 사람에게는 말을 잘 하지 않는 체질이거든요. 근데 이상하게 편해서 말이 자연스럽게 나오네요. 저도 신기해요."

"네, 저도 고객님을 처음 봤을 때 내성적인 분이라고 직감을 했습니다. 그렇지만 고양이 집사들끼리는 허물없이 대화를 나눌 수 있겠지요. 고양이도 키우시죠?"

"네, 다섯 마리를 입양해서 키우고 있어요. 다들 내 피붙이 자식이나 마찬가지예요."

말이 끝난 후, 여성은 오늘 새벽 꾸었던 꿈을 되살렸다. 그러고 보니 꿈에 나타난 할머니의 모습과 지금 앞에 있는 할머니 사장님이 비슷했다. 깜짝 놀랐다. 여성이 조심스레 입을 열었다.

"새벽에 꿈에 나타난 할머니랑 외모가 비슷해서 놀라워요. 정말 비슷해요. 어떻게 이런 일이……."

할머니 사장님이 무슨 말인지 이해된다는 듯이 고개를 끄덕였다. 그러곤 어떤 꿈이었냐고 묻자, 여성은 그 할머니가 자신에게 다락방에서 나오라고 손짓을 했다고 말했다. 할머니 사장님은 대충 어떻게 된 것인지 이해할 수 있었다.

"싱크로니시티(Synchronicity) 곧 공시성(비인과적 연관 원리) 현상입니다. 절묘하게 우연의 일치로 의미 있는 일이 동시에 생기는 것을 말하죠. 고객님은 현재의 갑갑한 상태에 벗어나고자 하는 욕구가 있는데 꿈에서 그것이 나온 거예요. 그리고 전당포 사장인 내가 그 욕구를 충족시켜주는 사람이고요. 고객님의 꿈은 예지몽이죠. 소망하는 일이 꿈으로 나타났기 때문입니다. 실은 오늘 새벽에 나 또한 꿈을 꿨지요. 한 여성이 다락방에서 탈출하고 싶다고 나에게 손짓을 해 왔어요. 그래서 고객님이 은둔 외톨이 생활을 하고 있는 것으로 추측하고 있어요."

여성이 소스라치게 놀랐다.

"어쩜 세상에 이런 일이 있을 수 있나요? 놀랍기도 하고 무섭기도 해요."

할머니 사장님이 차분히 말했다.

"실제로 우리 사람의 삶에서 공시성 현상이 종종 발생한답니다. 그런데 대부분의 사람은 우연의 일치로 치부해 버리죠. 하지만 여러 사람들에게 이런 현상이 자주 발생하고 있다는 점을 주목해야 해요. 이것은 미신이 아니라 과학입니다. 사람이 간절히 소망하는 일은 어떤 식으로든지 이루어지도록 우주 시간의 힘이 도와줍니다. 그래서 사람은 "우연히", "행운으로"라는 말을 하면서 소원을 이루는 경험을 하는 일이 많습니다. 크로노스는 가끔 사무실에 있는 물건을 입에 물고 밖으로 나가기도 하고, 반대로 밖에서 무언가를 물고 들어오기도 합니다. 그런데 이번에 고객님에게 홍보 명함을 물고 간 일은 단순한 우연이 아닙니다. 고객님 내면에서 간절히 소망하는 것이 있었기에 그것에 부응하여 까만 고양이가 명함을 고객님에게 전달하게 된 것이라 봐요. 이것이 바로 공시성 현상입니다."

여성은 이해가 된 듯하면서도 약간은 의아해하는 표정을 지었다. 여성은 그때 막 날개를 퍼덕거리는 카이로스를 바라봤다. 새장 안에서 카이로스가 호기심 어린 두 눈을 반짝거렸다. 여성이 할머니 사장님을 바라보면서 물었다.

"공시성 현상이라 근사한 말씀이긴 한데요. 과학적인 근거가 있나요?"

할머니 사장님이 알았다는 듯이 눈을 한 번 감았다 뜨며 입을 열었다.

"남아프리카에서 스마트폰으로 전화를 하면 여기 한국에서 금방 받을 수 있죠. 통신 위성이 있기에 지구 거의 모든 곳에서 전화를 하면 다른 곳에서 받을 수 있어요. 한 사람의 간절한 소망, 욕구는 파장이며 이것은 전 지구는 물론 우주 전체와 공명을 합니다. 그러면 같은 파장을 끌어당기게 되죠. 이때 소원 성취가 되며, 그 조짐으로 예지몽이나 기시감이 생기죠."

할머니 사장님은 연이어 추상적인 이야기를 예시와 비유를 통해 쏙쏙 이해되게 설명해 주었다. 이런 내용은 다소 머리 아프게 하는 것이므로 여기서는 더 이상 소개를 생략한다. 어쨌든 할머니 사장님의 설명이 끝나자, 여성은 할머니 사장님을 신뢰와 존경의 눈빛으로 바라보게 되었다. 그러곤 눈물을 흘렸다.

"할머니 저 좀 도와주세요. 죽을 것 같아요. 내가 죽으면 집에 있는 고양이 다섯 마리와 길고양이들을 누가 챙겨 주죠? 흑흑."

할머니 사장님이 여성에게 휴지를 건네주었다. 여성이 눈물을 닦으며 어깨를 들썩거렸다. 꽤 오래 눈물은 그치지 않았고, 할머니 사장님은 여성이 눈물을 시원하게 다 쏟아내 버리길 기다렸다. 여성의 눈가에 눈물이 말라붙었을 때 할머니 사장님이 과거 시간 대출의 개념, 대출의 대가, 주의 사항, 시간의 반복하려는힘 등을 설명해 주었다. 여성은 고개를 끄덕거리면서 제발 과거 시간 대출이라는 일이 벌어졌으면 좋겠다고 생각했다. 곧이어 할머니 사장님은 대출 계약서를 보여 주고는 소원을 써야 한다면서 여성에게 물었다.

"과거로 돌아가면 제일 먼저 하고 싶은 게 뭔가요? 딱 한 가지. 분수에 맞는 것으로요."

여성은 곧바로 입을 열었다.

"그야 당연히 취직입니……."

말을 끝맺지 못했다. 기만 생각해 보니 취직 하나에 목매고 달려왔고, 그것을 이루지 못해 지금처럼 폐인처럼 되었지만 사실 그것이 인생에서 본질적인 것으로 여겨지지 않았다. 만약, 여성이 원하는 직장에 취직을 하지 못한 채 그저 그런 곳에서 월급쟁이로, 혹은 비정규직으로 살아간다고 해도 평소 자신이 좋아하는 고양이들을 돌보는 봉사 활동을 했다면 삶이 지금보다 행복해지지 않았을까 하는 생각이 들었다. 자신이 좋아하는 일이 후순위로 밀려난 채 사람들이 우러러보는 좋은 직장에만 목을 매며 좌절하다 보니 삶이 황폐해진 듯했다. 좋은 직장 취직도 삶의 한 방편인 듯싶었다. 막상 취직이 되어도 모든 게 충족되고 행복해지는 것이 아니라는 생각이 들었다. 좋은 직장에 다니더라도 중간 탈락을 피하려고 긴장 속에서 끝없이 자기계발을 해야 하며, 또 다달이 벌어들이는 월급도 한정적이기 때문에 금방 불행해질 것 같았다.

취직은 자립을 위한 한 방편인 듯싶었다. 그것을 위해 모든 것을 포기해 버리고, 또 그것이 좌절되었다고 해서 인생이 망가져 버리는 일은 결코 바람직하지 않다는 생각이 들었다. 오랫동안 은둔 외톨이로 살아오면서 많은 생각을 해 온 여성이었다. 단편적으로 해 왔던 많은 생각이 오늘 전당포에서 일목요연하게 정리가 되는 듯했다.

여성은 정말 자신이 좋아하고 하고 싶은 일이 뭣인지 생각해 봤다. 오랫동안 여성은 침대에서 궁싯거리며 이에 대해서 많이 생각했었다. 길고양이 봉사 활동이 떠올랐고, 그다음 떠오르는 것이 있었는데 그것은 바로 연애, 사랑이었다. 그녀는 살아오면서 연애다운 연애를 하지 못했다. 대학 1학년 때 막 피어나려고 했던 향긋한 목련꽃 같았던 사랑이 떠올랐다. 그러다가 방송사 기자, 광고 회사 카피라이터도 떠올랐다. 여성은 멈칫거리다가 결심한 듯 입을 열었다.

"저는 과거로 돌아가면 연애를 하고 싶어요. 사랑 말이에요."

"절대 후회하지 않을 자신이 있습니까? 바라던 회사에 취직이 안 되더라도요?"

여성이 다소 떨리는 목소리로 말했다.

"솔직히 내 선택에 겁이 나긴 하지만 분명히 저는 사랑을 하고 싶어요. 그것만 있으면 저는 행복해질 거예요. 지금의 은둔 외톨이에서 탈출할 수 있을 겁니다. 그다음 천천히 취직을 생각해 보고 싶어요."

할머니 사장이 대꾸해 주었다.

"그렇겠죠. 사랑하는 사람과 함께 인생의 관문을 헤쳐 나가면 되겠네요. 사랑의 힘으로 어떤 어려운 일도 극복해 낼 수 있겠지요."

"네. 저도 그렇게 생각하게 되었어요. 취직도 사랑의 힘으로 부딪혀 볼까 해요."

"좋은 선택이라고 봅니다. 그것을 여기 소원 란에 적으시면 됩니다."

여성은 대출 계약서에 이름, 주민등록번호, 주소, 폰 번호를 적은 후 소원 란에 구체적으로 언제 누구에게 사랑을 고백하고 싶다고 적었다. 그다음, 할머니 사장님이 하루를 대출해 준다고 하고는 대출만기일, 대출의 대가의 빈칸을 채웠다. 할머니 사장님이 대출시간을 지켜서 만기일에 꼭 전당포로 돌아오라고 신신당부했다. 그러자 여성이 무언가가 떠오른 듯이 물었다.

"걱정되는 게 있어요. 내가 대학생 때로 돌아간다면 지금으로부터 20여 년 전으로 가는 것이잖아요. 그러면 그때도 명함에 적힌 주소에 타임 전당포가 있을까요? 어쩌면 20여년 전에는 이 주소에 타임 전당포가 없을 수 있지 않을까 걱정이 듭니다."

"전혀 걱정하실 필요 없어요. 타임 전당포가 있는 이 건물이 30여 년이 되어 가고 있으니까 고객분이 20여 년 전으로 돌아가도 명함에 적힌 주소에 이 건물이 있을 것입니다. 다만 지금 타임 전당포가 있는 302호에는 전혀 다른 사무실이 있을 거에요. 그건 무시해도 됩니다. 무조건 손잡이를 잡고 문을 열기만 하면 곧바로 현재의 전당포로 돌아오게 됩니다."

여성이 눈을 크게 뜨면서 놀라는 눈치였다. 정말 그럴 수 있느냐는 것이었다. 그렇지만 여성은 할머니 사장님이 무안하지 않도록 배려하는 차원에서 "그럼, 할머님 말씀만 믿겠습니다"라고 말했다. 그러곤 여성은 대출 계약서에 사인을 한 후 주민등록증을 할머니 사장님에게 맡겼다. 이윽고 과거 시간 하루를 대출한 여성은 전당포 문을 여는 것과 동시에 휘리릭 과거로 블랙홀처럼 빨려들어 갔다.

여성은 학원 가는 날을 피하고 세 번째 남자를 만난 후 귀가하면서 이별 통보 카톡을 보낸 그 날의 전날로 돌아갔다. 여성은 깜빡 졸고 나서 깬 후 도서관의 시계를 바라봤다. 9시 30분이었다. 주위 자리에 가득 찼던 학생들도 많이 없어졌고, 함께 벗하면서 공부하는 친구들도 자리에 없었다. 여성은 다이어리의 달력을 바라봤다. 날마다 엑스 표시를 해 왔다. 그것을 보니, 오늘은 자신에게 연애를 걸어 온, 보무도 당당한 ROTC에게 절교를 선언하기 하루 전이었다. 정확히는 절교했던 그 시간에서 40분이 더 지난 시점이었다. 여성은 가슴이 뛰었고, 전당포 사장님 할머니와 까만 고양이가 떠올랐다.

여성은 자신의 감각으로 느껴지는 것이 분명히 현실임을 재차 확인했다. 여성은 원래 그날 11시에 귀가했지만 오늘은 서둘러 귀가를 했다. 그리고 집에서 샤워를 하고 나니 ROTC에게서 내일 오후에 보자는 톡이 와 있었다. 여성은 알았다는 답을 보내며, 원래와 달리 하트 이모티콘을 함께 보냈다. 그걸 본 ROTC 법학도는 평소와 다르게 보내온 하트 이모티콘을 보고서, 상식적으로 법학적으로 무슨 의미인지를 파악하느라 새벽까지 잠을 이루지 못했다.

다음 날이었다. 여성은 그날따라 잠을 푹 잤으며 그날은 연애에 집중하리라 다짐했다. 여성은 화사한 꽃무늬 원피스를 입고 도서관에 가서 자리를 잡고 공부하고, 강의 두 개를 들었다. 그러자 ROTC와 약속한 시간이 다가왔다. 여성이 도서관에서 나올 때였다. 금발 머리 미국인 남자 토익학원 강사가 원어민 영어로 전화를 해왔다. 한국어로 바꾸면 이렇다.

"미스 박, 내가 연락을 한다는 걸 깜빡했네요. 다른 학원 수강생들에게는 미리 연락을 했는데 오늘 특강을 합니다. 토익 900점 필살기를 알려드리니 고급 기술을 배우길 바랍니다."

'아'

여성은 속으로 탄성을 내질렀다. 원래대로라면 학원 수업이 없었는데 갑자기 특강이 열린 것이다. 그 특강은 차마 뿌리치기 힘든 유혹이어서 갈등에 사로잡혔다. 머리는 ROTC를 그리고 있었지만, 몸은 학원의 900점 필살기로 기울어졌다. 여성은 우두커니 서 있었다. 그 여성을 본 친구 한 명이 토익학원에 늦겠다며 빨리 가자고 말하고 여성의 손을 붙잡았다. 여성은 몇 걸음 친구와 함께 같은 방향으로 걸어갔다. 그러다 그 여성은 친구의 손을 뿌리쳤다.

"오늘은 내가 중요한 약속이 있어서 학원에 못갈 것 같아."

친구는 앞에 있는 친구(여성)가 절대 토익학원에 안 빠질 사람으로 생각했기에 고개를 갸웃거렸다. 혹시나 집안에 큰 경조사라도 생겼나보다 생각한 친구는 알았다면서 총총히 혼자 걸어갔다. 남겨진 여성은 시계를 봤고, 오늘 중요한 약속을 떠올렸다.

심호흡을 크게 한 후 여성은 약속 장소로 갔다. 예의 바르게 대기 중이던 ROTC가 꽃다발을 정중히 선물했고, 여성은 속으로 이런 건 당연하지라고 생각하면서도 입 밖으로는 고마워라고 해 줬다. 이에 법학도가 나 멋지지라는 듯 헤헤헤 웃었다.

둘은 호프집에서 알코올을 흡입했고, 그다음 과거와 다르게 여성의 손에 이끌려 영화관으로 갔다. 둘은 먹을거리를 오순도순 나눠 먹으면서 영화를 보는 한편 가끔씩 몰래 서로를 쳐다봤다. 영화가 끝나자 둘은 걸었고, 여성의 자취집으로 향했다. 법학도 ROTC가 괜스레 보디가드 하듯이 일부 행인들이 여성 쪽으로 다가오면 한 손으로 여성을 커버해 줬다. 여성은 보호받는다는 생각에 행복해졌다.

둘은 공원 벤치에 앉았다. 서로 두근두근 거렸다. 여성이 손목시계를 보니 자신이 이제 우리 그만 만나자는 톡을 보낸 시간이 다가오고 있었다. 여성은 이 남자에게 고백을 한 후 곧장 택시를 타고 40분 달려 타임 전당포로 갈 계획이었다. 이렇게 하면 정확히 대출 하루 내에 소원 성취 후 전당포를 방문하게 되는 것이다. 똑딱똑딱. 고백해야 할 시간이 다가왔다. 이때 재빨리 여성은 톡을 보냈다.

자기가 넘 좋아. 우리 진지하게 만나자.♡

법학도 ROTC가 자기에게 온 톡을 보고서는 얏호 하면서 뛰어올랐다. 알통을 불끈거리면서 여성을 포옹했고, 여성이 가만있자 용기 내 진도를 더 빼서 입술을 훔쳤다. 법학도는 오늘은 둘만 있고 싶다면서 늑대질을 하기 시작했지만 여성은 정신을 차렸다. 얼른 사랑하는 이 남자와 사랑하기 위해 이 자리를 빠져나가야 했다. 여성은 "자기야, 오늘은 급한 일이 있어서"라는 핑계를 대며 자리를 뜨려고 했는데 매너 좋은 법학도는 큰 그림을 구상하고 있었기에 그대로 보내 줬다.

그 뒤로 여성은 택시를 잡아타고 서울 근교 경기도 모 먹자골목의 타임 전당포로 향했다. 차가 밀리는 바람에 대출 시간이 끝나기 30초 전에 전당포 입구에 도착했고, 여성이 안으로 들어서자마자 다시 원래로 돌아왔다.

전당포 사장님 할머니와 여성이 탁자를 사이에 두고 앉아 있었다. 갑자기 탁자 위에 타오르던 향초 불꽃이 크게 흔들거렸다. 여성은 뛰어오느라 거칠어진 호흡을 내쉬었다. 핸드백에서 스마트폰을 꺼내 본 여성은 일주일이 지났음을 알 수 있었다. 할머니 사장님이 여성에게 약속을 잘 지켰다고 칭찬해 줬다. 그러곤 대가에 대한 정산 이야기를 꺼냈다.

"우주에 갚아야 하는 시간, 과거 시간 대출의 대가는 계약대로 지불됩니다. 이제 이 시간대에서 고객님이 가지고 있던 많은 시간이 소멸합니다. 그 시간은 전당포에 귀속이 될 것입니다."

여성은 각오했다는 듯이 고개를 끄덕였다. 이때 앵무새 카이로스가 할머니 사장님의 말을 반복했다.

"그 시간은 전당포에 귀속이 될 것입니다. 그 시간은 전당포에 귀속이 될 것입니다. 그 시간은 전당포에 귀속이 될 것입니다."

여성은 이제 사랑하는 법학도와 함께하는 시간이 축소된다는 것이 애석했다. 그와의 사랑이 짧아지게 된 것이다. 여성은 자신의 생이 축소되는 것이 아니라 그와 사랑할 시간이 축소되는 것이 너무나 슬펐다. 단 한 번의 생, 여성으로서 오래오래 사랑을 하고 싶었지만 그것만은 이룰 수 없었다. 어쩔 도리가 없었다. 하나를 얻었으니 이제 하나를 잃어야 했다. 그녀가 슬쩍 이슬 같은 눈물을 흘릴 때였다. 과거에서 카톡이 왔다.

자기야, 나야. 우리 사랑 영원히 변치 말자. 자기에게 올인 할게.

- 법학도 *** 맹세 서약함

풋 여성이 웃음을 지었다. 이윽고 여성은 담보로 잡혔던 주민등록증을 돌려받고 나서 전당포를 나왔고, 전혀 새로운 40대 중반의 자신을 발견했다. 40대 중반의 여성은 자신의 남편인 ROTC를 만났는데, 남편은 연락이 안되어 걱정했다며 어디 갔었냐고 물었다. 여성은 타임 전당포에 대해 함구했다. 이후, 여성은 ROTC 남편과 꿈같은 사랑의 나날을 이어갔다. 하지만 시간은 빠르게 흘렀고, 꽃향기 가득한 사랑도 종막을 고하게 되었다. 그토록 원하던 아이를 갖지 못했지만 여성은 남편과 행복한 나날을 보내고 있었다. 그런 여성은 강도를 만났고 그로부터 안타깝게 목숨을 잃고 말았다. 그의 인생에서 예정되었던 이 비극은 정확히 19년(65일 생략) 빨리 닥쳐왔다. 그리하여 여성은 이 시간대에서 벗어났다. 우주의 시간은 도도하게 흘러왔듯이 그렇게 흘러갔다.

대만 화교 중국집 사장님

타임 전당포

"사장님, 오랜만이시네요."

전당포 할머니 사장님에게 누군가 인사를 했다. 이곳으로 말할 것 같으면 중국집 그러니까 타임 전당포가 있는 허름한 3층 건물의 1층에 있는 대만 출신 사장님이 운영하는 중국집 홍콩반점이었다. 한국말 잘하는 대만 화교 중국집 사장님이 사람 좋아 보이는 미소를 짓고 있었다.

"그러게요, 요즘 일이 좀 바빠서 그랬나 봅니다."

"요즘 자영업자들 모두 힘들어하고 있는데 바쁘시다니 좋은 일이네요."

전당포 사장님이 메뉴판을 보다가 해물자장면을 주문했다. 중국집 사장이 주방으로 들어갔다. 여성 직원분은 주문 전화를 받고 있었다. 중국집 사장은 할머니 사장님을 알아보고 친히 밖으로 나와서 맞이해 줬다. 그러고 보니 가게가 횅했다. 아직 점심시간 지난 지 얼마 안 된 1시40분인 점을 감안하면 대단히 손님이 없었다. 할머니 사장님이 가게로 들어올 때 밖으로 나간 한 명을 제외하고는 손님이 없다. 할머니 사장님은 창가에 앉아 밖을 내다봤다. 환한 햇살이 내리비추고 있었다.

전당포 할머니 사장님은 통상 한 달에 서너 번쯤 이 중국집에 들렀다. 복작거리는 점심시간이 끝난 시간 그러니까 1시 30분에서 2시 사이에 찾아왔다. 그러곤 주로 해물자장면을 주문했다. 천천히 오물오물 면을 씹어서 먹었고, 중간에 물을 마시는 것도 잊지 않았다. 창밖을 보던 할머니 사장님이 고개를 돌려 중국집의 횅한 내부를 바라보았다. 주방에서 춘장 볶는 소리가 들리는 것과 함께 자장면 냄새가 퍼져 나왔다. 전당포 할머니는 냉수를 한 모금 마시며 이 중국집에 처음 들렀을 때를 떠올렸다.

전당포 할머니는 사무실을 구하러 **먹자골목으로 왔다. 유동인구가 많은 곳이므로 사람들의 이목을 끌 수 있을 것으로 봤다. 초저녁에 먹자골목을 한 바퀴 돌던 할머니 사장님은 비좁은 골목 안에서 불빛이 반짝이는 것을 보고 안으로 들어섰다. 허름한

3층 건물이 막다른 골목에 떡하니 버티고 있었다. 1층에는 중국집이, 2층은 타로와 수선집이었다. 그런데 3층의 ＊＊기획 옆의 사무실은 어두컴컴했다.

중국집 가게 안으로 들어서니 여직원이 와서 주문을 받았고, 할머니 사장님은 메뉴판을 보고 나서 해물자장면을 주문했다. 이윽고 해물자장면이 나왔고, 할머니 사장님이 천천히 먹기 시작했다. 식사를 끝낼 즈음 고개를 드니 웬 남자가 주방에서 나오며 중국어로 여직원과 몇 마디 하고 난 후, 탁자에 앉아서 신문을 봤다. 간혹 그가 할머니 사장님을 흘깃하는 것이 보였다. 그 사람이 주방장이거나 사장님인 듯했다. 할머니 사장님이 그에게 물었다.

"혹시 사장님이신가요?"

그 남자가 신문을 접고 나서 할머니 사장님을 바라봤다.

"네, 제가 사장입니다."

"그러시군요. 내가 사무실을 알아보는 중인데요. 혹시 3층에 빈 사무실이 있는지 아십니까?"

중국집 사장이 빠르게 할머니를 스캔했다.

"사무실을 찾으시나 보죠. 어떤 일을 하시는데요?"

"전당포입니다."

"아 전당포라…… 3층에 빈 사무실이 있을 겁니다. 아마 거기 오랫동안 비워 있었을 거예요."

그때 전화가 오자, 수신을 누른 후 중국어로 대화를 했다. 그 사장님이 전화를 끊은 후 묻지도 않은 말을 했다.

"내가 대만 화교인데요. 고향에서 가끔씩 부모님이 전화를 해 오십니다. 요즘 많이 편찮으신 것 같던데 전화를 해 온 것을 보니 건강이 좋아진 듯해서 걱정을 덜게 되었네요."

할머니 사장님이 그러시냐는 듯 고개를 끄덕이고 나서 질문을 했다.

"혹시 3층 사무실이 왜 오래 비우게 된 건지 아세요?"

대만 화교 사장님이 망설이다가 입을 열었다. 여직원에게는 잠깐 밖에 나가 있으라고 했다. 그가 전해 주는 말은 이러했다.

5~6년 전, 이 3층 건물에 도둑이 들었다. 그도 그럴 것이 비좁은 골목의 막다른 곳에 이 건물이 있었기에 사람 발길이 잘 닿지 않았으며, 더욱이 낡은 건물에는 방범 카메라가 설치되어 있지도 않았기 때문이다. 먹자골목의 다른 가게들이 휘황찬란한 네온사인을 반짝이며 새벽까지 영업을 하는 것과 달리 여기 3층 건물의 가게들은 최대 오후 9시면 영업 종료였다. 그런 가운데에서도 화교 출신 사장님의 중국집, 홍콩반점이 선전을 했다.

그 중국집은 중국 본토의 맛을 한국 현지 사람들의 입맛과 절묘하게 결합시켜 다채로운 요리를 선보였다. 입지, 인테리어, 서비스 이런 것은 낙제점에 가까웠지만 유일하게 메뉴 맛은 인정을 받았다. 이리하여 몇몇 사람들에게 입소문이 나자 손님들의 발길이 이어졌다. 그렇지만 이로써 소위 맛집, 대박집의 영예로 이어지지 못했다.

그럭저럭 먹고 살 만하던 중국집에 도둑이 든 것이다. 오전에 일찍 가게 문을 열고 들어온 사장님은 난장판이 된 가게 내부를 보고 깜짝 놀랐다. 전날 깜빡하고 집에 못 가져간 현금 출납기의 돈이 다 털렸다. 이와 더불어 주방에도 가 보니 춘장 소스와 음식 재료들이 누군가 손을 댔던 흔적이 있었다. 사장은 그 자리에 털썩 주저앉았다. 그날은 결국 임시 휴업을 할 수밖에 없었다.

이런 일은 액땜이라고 생각하고 잊으려고 했다. 그런데 채 두 달이 가기도 전에 도둑이 들었고, 가게 내부를 엉망진창으로 만들어 놨다. 이번에는 도둑이 괘씸하게도 냉장고에 보관한 춘장 소스와 면을 꺼낸 후, 면을 끓이고 나서 춘장 소스를 비벼 먹었다. 그것도 세 그릇이나. 사장님은 서글픈 눈물을 속으로 삼켜야 했으며, 다신 이런 일을 당하지 않기 위해 경찰에 신고했다. 사장은 속으로 후회했다.

'이럴 줄 알았으면 액땜이니 뭐니 할 게 아니라 그때 경찰에 신

고를 해 버렸어야 했는데.'

신고를 받은 경찰이 곧장 도착했다. 그때야 새로운 사실을 알게 되었다. 3층 건물의 다른 사무실에도 똑같이 두 번 도둑이 들었다. 도둑은 1층 중국집, 2층 타로 가게, 수선집, 3층 시계수리점, **기획에도 들었다. 3층 건물이 통으로 다 털린 것이다. 으슥한 곳에 건물이 있다 보니, 도둑이 마음 놓고 이 건물의 사무실을 모조리 헤집고 다닌 것이다. 간덩이가 부은 건지, 아님 대담한 떼거리 도둑놈인지 정체를 알 수 없었다.

다른 사무실도 도둑이 들었지만 잃어버린 것이 크게 값나가는 것이 아니라서 개의치 않고 경찰에 신고를 하지 않았었다. 그러다 이번에 2차 도둑을 맞은 것이다. 다른 사무실은 그저 그랬다. 3층 시계수리점에도 싸구려 중고 시계 같은 것밖에 없는 관계로 크게 해를 본 게 없다고 했다. 경찰 여러 명이 수군거리고 메모를 하고, 사진 찍으면서 사무실들을 드나들었다. 그러다가 한 팔뚝 굵은 새내기 경찰이 소신껏 자기 생각을 발표했다.

"아무래도 요즘 경기가 매우 안 좋은 상황을 고려할때, 생계형 절도로 보입니다. 중국집에서 자장면 여러 그릇을 비웠잖습니까? 하지만 야간 주거 침입 절도인 관계로 10년 이하의 중형에 처해야 할 중대 사건이라고 봅니다. 특히 능숙하게 사무실 문을 딴 것으로 볼 때 동종 범죄 전과가 있는 것으로 사료가 됩니다.

제가 한번 이 사건을 맡는다면 충분히 범인을 잡을 수 있을 것 같습니다만."

상사 경찰들이 고개를 끄덕이며 격려를 해 주었지만 속으로 그건 누구나 다 아는 것이지라고 생각했다. 이때 사복형사들이 들이닥쳤고, 파출소에서는 사건을 인계했다. 팔뚝 굵은 새내기 경찰은 사복형사들의 매서운 눈매를 보자 기가 팍 죽었다. 사복형사들은 한동안 사건 현장을 면밀히 조사하고, 또 어디론가로 전화를 하더니 가게 사장들과 면담을 한 후 사라졌다.

이때를 놓칠세라 경찰은 이상한 사람을 발견하면 신고하라는 말과 함께, 민중의 지팡이는 먹자골목 전체를 관할하다 보니 여기만 신경 쓸 수 없지만 주기적으로 이곳에 순찰을 돌겠노라고 말하고 나서 사라졌다. 그리하여 3층 허름한 건물 가게 사장들은 큰 변화가 없이, 다가오는 미래를 맞이해야 했다.

홍콩반점 중국집 사장님은 세 번씩이나 도둑을 맞을 순 없었고, 모종의 계획을 준비했다. 사장님은 두 달 텀을 두고 나서 세 번째 달의 첫날밤부터 홀로 남아 가게를 지켰다. 주방에서 일하는 틈틈이 사장님은 호기롭게 소림 권법 흉내를 냈다. 그것도 부족해 사장님은 중국어로 뭐라 뭐라 보이지 않는 상대에게 위협을 하는 것과 동시에 왼손에 든 웍을 방패로 삼고, 오른손에 든 중식도를 휙휙 휘둘렀다. 그러다가 중식도를 허공으로 띄워 올렸고, 떨어지는 그것을 서커스 대원처럼 재빨리 오른손으로 손잡이를 잡아냈다. 그런 사장님은 흡족한지, 내가 말이지 대만 말고 본토에서 자랐다면 지금쯤 말이야, 소림파의 좌장이 되었을 것이라고 자기 격려를 했다.

그리하여 그달 주말 저녁이 다가왔다. 금요일이었고, 그날따라 많은 손님을 받았기에 금고에는 현금이 두둑했다. 사장님은 틈틈이 집에서 소림사 영화를 보았고, 소림사 동작을 주방에서 흉내를 냈고, 또 간간이 사장님은 음식 나오는 구멍 밖으로 쏙 얼굴을 내밀어 보곤 했다. 혹시 인상착의가 이상한 사람이라든지, 현금 출납기 있는 곳에 시선을 두는 사람이라든지, 눈빛이 안정적이지 못하고 흔들리는 사람을 살펴보기 위해서였다. 그렇지만 별 이상한 사람이 없었다.

모든 직원 그러니까 여성 직원 한 명과 주방 보조가 퇴근을 한 후, 사장님은 홀에 나와서 의자에 좌정을 하고 눈을 감은 채 호흡을 골랐다. 이윽고 사장님은 홀 구석에 깔아 놓은 매트리스에 누워 잠을 청했다. 몇 시간이 흘렀을까? 가게 문이 열리는 소리가 났다. 사장님이 얼어붙은 채로 귀를 기울여 봤다. 플래시를 비추면서 누군가 안으로 들어오고 있었다. 사장님은 가만히 있어 봤다. 그 누군가는 간결한 동작으로 현금 입출기에서 돈을 빼냈고,

그다음 주방으로 갔다. 가스를 켜는 소리와 함께 자장면 냄새가 났다. 자장면을 먹는 모양이었다.

사장님은 슬그머니 일어나 주방 쪽으로 갔다. 이때 그의 손에는 호신용 웍과 공격용 중식도가 들려 있었다. 소리를 듣자 하니, 누군가는 허겁지겁 자장면을 먹고 있었다. 사장님은 용기를 내어 주방의 형광등 스위치를 켰다. 그 누군가가 놀란 눈을 하고 뒤를 돌아봤고, 그 모습을 본 사장님도 크게 눈을 떴다. 사장님의 입에서 이런 소리가 흘러나왔다.

"시계수리점 사장님 아닙니까?"

그 누군가는 극도로 슬픈 표정을 지었다. 공격성은 전혀 없어 보였다. 이윽고 그 누군가였다가 현재 정체가 밝혀진 시계수리점 사장은 모든 범행을 실토했다. 올해 들어 하도 장사가 안 되어서 사무실 임대 월세가 7개월 치나 밀렸고, 천애의 모태솔로이자 50대 노총각인 그는 최근 들어 살던 원룸까지 처분하여, 사무실에서 살아가고 있는데 돈이 다 떨어져서 이 짓을 했노라고 했다. 사장님은 시계수리점 사장님을 자세히는 알지 못했고 다만 올해 들어와 배달 주문을 하지 않는 게 이상하게 생각하기는 했다. 몇 차례 지나가다 얼굴이 마주치면 그 사장님이 먼저 인사를 해 왔기에 예의 바른 성실맨으로 여겨졌다. 시계수리점 사장님의 말을 다 들은 마음씨 좋은 대만 화교 사장님은 잘 알겠노라 했다. 그리고 3분간 대화를 나누고 나서 이만, 영업을 준비해야 한다면서 오늘 세 시에 여기서 보자고 했다.

세 시에 둘은 만났다. 여러 시간에 걸쳐 대화가 이어졌고 중국집 사장님은 상대의 말이 진실임을 확신할 수 있었고 이에 부응하듯이 상대 사장님은 연신 죽을죄를 지었다고 하면서 눈물을 흘렸다. 그리고 시계수리전 사장은 원래 한 그릇만 먹으려고 했는데 춘장 소스가 너무 맛있는 바람에 주체를 못해서 세 그릇이나 해치우는 몰염치한 행위를 한 것에 대해서도 심심한 사의를 표했다. 이윽고 중국집 사장님 입장에서는 상대에 대한 대처 방안이 여러 가지가 있었는데 제일 간결한 것을 선택했다.

"우리 번거롭게 하지 말기로 합시다. 사장님 오늘 당장 여기를 떠나 주세요. 내가 사장님에 대해서는 함구해 주죠. 다신 이곳에 얼씬도 하지 마세요."

이후로 안 좋은 소문이 돌았다. 이 중국집이 있는 건물에 떼강도가 들었다더라, 그것도 여러 번 들었고 사무실 사람이 크게 다쳤다더라에서 시작된 헛소문이 이렇게 종착지에 도착했다.

"누군가 그 3층 건물 중에서도 특히 중국집에 해를 입히려고 하는 게 틀림없는 것 같아요. 그러니까 중국집 장사를 망치게 하려고 음식에 독극물을 넣을 수 있는데 재수 없이 손님이 그것을 먹을 수 있지 않나요."

이리하여 손님 발길이 끊기고, 주문이 줄어들기 시작하다가 현재 중국집의 횅한 상태에 이르게 됐다. 이와 더불어 이상하게도 그 시계 수리점 사장이 떠난 후로는 그 사무실에 들어오는 사람이 없었다.

할머니 사장님이 따끈한 해물자장면을 잘 비빈 후 입에 넣었다. 달짝지근한 면을 오물오물 씹으면서 생각에 빠졌다. 이 정도의 맛이라면 사람들이 바글바글할 텐데 말이지. 중국집 사장님에게 그때 퍼졌던 안 좋은 소문으로 이 지경이 되고 말았군. 그러면서 할머니 사장님은 자신은 현재 사무실이 빈 사무실이어서 쉽게 사무실로 얻을 수 있어서 행운이었지만, 도둑맞고도 도둑인 시계 수리점 사장에게 호의를 베푼 중국집 사장은 불운에 빠졌다고 보았다. 이런저런 생각을 하면서도 전당포 사장님 할머니는 허술하게 식사를 하는 법이 없었다. 오징어를 잘근잘근 씹어서 천천히 삼키고 나서, 새우를 씹어 먹은 후 껍질을 뱉어 냈으며 그릇에 남은 춘장을 숟가락으로 떠먹었다. 오랜만의 맛난 식사였다.

할머니 사장님이 식사를 끝내고 나서 보니 카운터에 대만 화교 착해 보이는 사장님이 대기 중이었다. 할머니 사장님이 그에게 잠깐 보자고 했다. 그가 탁자 가까이 오자, 그에게 타임 전당포 명함을 건넸다. 그걸 받자마자 중국집 사장님이 말했다.

"솔직히 저도 뭐라도 잡혀서 당장 돈을 빌리고 싶습니다. 월세가 두 달 치 밀린 상태라서요."

그러고 나서 명함을 본 사장님이 어안이 벙벙했다.

"과거의 시간을 대출해 주다니요? 사장님, 전당포 히시는 길로 아는데 돈 대출은 안 하십니까?"

할머니 사장님은 자세한 것은 전당포로 올라오면 잘 설명해 주겠노라 말했다. 할머니 사장님은 오랜만에 과거 시간 대출이 절실한 중국집 사장님을 조우한 것도 알고 보면 우주 시간의 섭리라는 생각이 들었다. 중국집 사장님은 이게 뭔가? 하면서 명함을 뚫어져라 쳐다봤다. 그러면서 할머니가 말하는 것을 보면, 정신은 말짱하던데라고 혼잣말을 했다. 그러곤 할머니 사장님에게 거듭 질문했다.

"돈 말고 과거의 시간을 대출해 준다는 말이죠?"

"네, 그렇습니다."

할머니 사장님이 수정처럼 맑은 두 눈을 반짝이면서 말을 이었다.

"내가 한가한 사람은 아닙니다. 다만 생각 있다면 미리 문자나 전화로 예약을 잡아서 오세요."

그러곤 할머니 사장님이 밖으로 사라졌다. 중국집 사장님은 심성이 착하다 보니 매사를 부정적으로 보거나 의심하는 일이 극히 적었으며 요즘 들어 매상이 크게 떨어져서 폐점을 고려해야 할 상황이다 보니, 자신도 모르게 문자를 보냈다.

5시에 방문하겠습니다 -홍콩반점 사장 ***

5시가 거의 다 될 즈음, 중국집 사장님은 '잠시 외출중 입니다'라는 팻말을 입구 손잡이에 대롱대롱 매단 후, 3층으로 향했다. 중국집 사장님은 2층을 지나면서, 타로 가게를 안내하는 화살표를 보곤 파마머리에 에스닉풍 숄 머플러를 하고 다니는 여자 사장님을 떠올렸다. 요즘 그곳도 경기가 안 좋아서 편의점 도시락이나 샌드위치로 때우는지 배달 주문이 거의 없다. 전에는 매주 탕수육에 짬뽕이 1인분 기본이었는데.

이윽고 중국집 사장님이 3층에 도착해, 전당포 문을 열고 들어갔다. 차다찬 쇠창살이 놓인 방이 나왔다. 중국집 사장님에게 이곳은 처음이었다. 쇠창살 안에서 할머니 사장님이 인자한 미소를 지으며 나타났다. 그의 얼굴을 보곤 비밀번호를 말해 주면서 안으로 들어오라고 했다. 뭐 이런 전당포가 다 있냐며, 중국집 사장

님은 당황스러워했다. 액션이나 조폭 영화 같은 것을 보면, 전당
포 사장님은 보안과 경호를 위해 쇠창살 안에 머물러야 하는 것
으로 알고 있었다. 중국집 사장님은 그러나 나이 지긋한 어르신
이 뭔가를 하라면 그것에 대해 토를 달지 못하는 예의 바른 사람
이었기에 안으로 들어갔다.

"야옹, 야옹."

낯익은 까만 고양이가 그에게 다가왔다. 크로노스가 부비부비
를 시작했다. 눈이 파란 검은 고양이를 중국집 사장님은 기억하
고 있었다.

"이 고양이에게 내가 요리하다 남은 생선을 주곤 했어요."

"오, 그러셨군요. 이 아이가 아무것이나 먹지 않는 입맛 까다로
운 편인데 어떤 날은 배가 불룩해서 들어오더라고요. 이 중국집
사장님이 너에게 맛난 것을 주셨구나."

크로노스는 그렇다는 듯이 꼬리를 흔들었다가 벌러덩 배를 까
고 누웠다. 중국집 사장님이 한두 번이 아니라는 듯이 능숙하게
크로노스가 깐 배를 쓰담쓰담해 줬다. 크로노스는 좋아좋아라는
표정을 듬뿍 보여줬다. 전당포 사장님 할머니로부터 중국집 사장
님은 까만 고양이 이름이 크로노스라는 것을 전해 들었고, 이윽
고 둘은 탁자에 마주 앉았다. 탁자 위에는 향긋한 향초가 피어오
르고 있었고, 또 할머니 사장님 앞쪽에 금테를 두른 돋보기가 놓

여 있었다.

　할머니 사장님은 과거 시간 대출의 개념과 대출의 대가, 주의 사항, 시간의 반복하려는 힘 등을 설명한 후 대출자의 예시를 말해 주었다. 그러곤 할머니 사장님이 대출 계약서 양식을 앞에 펼친 후, 금테 돋보기를 들고 사장님의 얼굴을 자세히 살펴보면서 감정을 했다.

　"사장님은 보아하니 부자가 될 뒤나미스, 곧 카르마가 엿보입니다. 근면 성실하고 남에게 해 끼치지 않고, 거짓말을 못하는 체질이시네요. 그리고 근성이 있기에 한 우물을 파면 반드시 성공의 반열에 오를 상으로 보입니다."

　중국집 사장님이 쩝 소리를 냈다. 대만에 계신 홀어머니께서 "네가 다섯 형제 중에서 제일 크게 된다고 한 스님이 말씀하셨단다"라고 말하던 목소리가 들리는 듯했다. 그런데 지금 이 처참한 현실은 뭔가? 머지않아 가게 문을 닫을 판이 아닌가? 할머니 사장님이 중국집 사장님의 생각을 알아봤다.

　"내가 하는 말이 사장님이 지금 처한 현실과 너무 상반되어 이상하게 생각이 되겠죠. 하지만 저의 말을 믿어 보세요. 지금 내가 사장님의 뒤나미스, 곧 카르마를 살펴볼 때 사장님은 앞으로 한국 중식계에 큰 명성을 얻을 것으로 여겨집니다."

　'뒤나미스', '카르마'는 낯선 단어였지만 사장님은 그것을 '운세'

'관상'으로 치환하여 받아들였다. 그러니까 고개가 끄덕여졌다.

"내 관상을 보니 운세가 좋다는 말씀이시네요."

"그렇게 봐도 좋습니다."

할머니 사장님이 대출 계약서를 중국집 사장님 앞에 건넸다. 그것을 들고 바라보는 중국집 사장님에게 할머니 사장님이 말했다.

"방금 전에 내가 과거 시간 대출에 대해 설명한 것을 이해했다면 대출 계약서를 어떻게 작성해야 하는지 잘 아시겠죠? 사장님에게는 하루가 대출됩니다. 중요한 것은 소원입니다."

서서히 중국집 사장님은 자신이 지금 이성으로 설명할 수 없는 신비한 일에 끼어들고 있다는 느낌이 들었다. 처음엔 긴가민가하는 마음이었으나 지금은 와 진짜 나에게도 이런 초현실적인 일이 벌어지는구나 라고 생각했다.

중국집 사장님은 할머니 사장님의 얼굴을 잠깐 뚫어져라 쳐다봤다. 이번에는 자신이 할머니 사장님을 '감정'하려는 식으로. 할머니 사장님은 누군가를 속이려 한다거나 조금이라도 떨리는 낌새가 전혀 없었다. 할머니 사장님 얼굴은 진중하면서도 온화한 표정으로 일관했다. 중국집 사장님은 손해 보는 게 없기 때문에 앞에 앉아 계신 할머니 말씀을 한번 따르는 것도 결코 해로운 일이 아니라는 결론에 다다랐다. 이리하여 그는 대출 계약서에 이름, 주민등록번호, 주소, 폰 번호를 작성했고, 소원 란이 남았다.

이때, 할머니가 소원 작성 요령에 대해 설명했다.

"소원은 자신의 분수(뒤나미스, 카르마)에 맞게 썼을 때 잘 이루어집니다. 분수 이상으로 과한 소원을 쓰면 그만큼 성취 가능성이 떨어지게 되죠. 언제까지나 소원은 자기 스스로 알아서 써야 합니다."

중국집 사장님은 예의 바르고 심성 착하지만 욕망이 움트는 것은 어쩔 수 없었다. 그는 먹자골목의 비좁은 골목으로 들어오기 전에 별 다섯 개 호텔로부터 연봉 2억 주방장 제의를 받았었는데 자기 식당을 하고 싶은 마음에 정중히 거절했었다. 그는 그때로 돌아가서 "감사합니다. 열심히 하겠습니다"라고 하고 싶은 마음이 생겼다. 이와 함께 자신에게 호감을 갖고 데이트 신청을 했던 대만의 모 기업가 외동딸 여성이 떠올랐다. 미모가 나은 현재의 한국 여성과 결혼하지 말고, 미모가 덜한 대만 여성의 데이트 신청을 받아들였다면 지금처럼 고생하지 않고 본토에서 중식 사업을 확장할 수 있지 않을까 하는 욕심도 생겼다. 또 욕망이 먹구름처럼 밀려와서는 갖가지 '그때 그랬으면 좋겠다'라는 마음을 일으켰다. 복잡해지는 생각에 앞에 있는 할머니 사장님 얼굴을 응시했다. 할머니가 강조한 '분수'가 두 글자로 선명하게 눈에 보였다.

중국집 사장님은 소신껏 분수껏 소원을 적었다.

내 사업장(홍콩반점)에 처음 도둑질하러 들어오려는 시계수리점 사장을 회유하여 도둑질을 안 하도록 하고 싶습니다.

그것을 본 할머니 사장님이 참 잘 했어요라는 듯 흐뭇한 미소를 지으며, 앞으로 이 소원을 이룰 수 있는 적절한 과거의 시각으로 돌아가게 된다고 말했다. 그러곤 대출 시간 란에 1일을 적은 후 대출 만기일을 적었고 대출의 대가 란을 채웠다. 그다음 둘은 대출 계약서에 사인을 했고, 중국집 사장님은 담보물로 주민등록증을 전당포에 맡겼다. 이윽고 중국집 사장님이 전당포 문을 여는 것과 동시에 과거로 블랙홀처럼 빨려들어 갔다.

그 중국집(홍콩반점) 사장님이 꿈을 꿨다. 캄캄한 곳으로 빨려들어 간 후 비좁은 통로를 지나서 다시 환한 곳으로 자신이 보내졌다. 저절로 두 눈이 떠졌고, 잠깐 무슨 일인지 생각해 보고 나서 '그렇지' 한 후 스마트폰을 들어 날짜와 시간을 봤다. 처음 도둑이 든 전날이었고, 새벽 5시 20분이 지나고 있었다. 다음 날 도둑이 새벽 5시 10분에 홍콩반점에 쥐새끼처럼 들어온 것이다. 옆에

자고 있는 마누라 몰래 일어나서 거실로 나와 소파에 앉았다. 할머니 사장님의 말이 떠올랐다.

'사장님은 소원을 이룬 후 곧장 전당포로 오세요. 소원 성취 후 이동 시간이 별로 없습니다. 이 점을 명심하세요. 대출된 과거 시간은 빠듯합니다.'

중국집 사장님이 일찍 출근해서 영업 준비를 했다. 점심시간이 되자 많은 손님들이 찾아왔고, 그는 정신없이 바쁜 시간을 보냈고 어느새 3시가 되었기에 살짝 시계 수리점 문 앞에 가 봤지만 안에서는 아무런 소리가 나지 않았다. 그는 도로 내려가려다가 노크를 했다. 10초가량 흐른 후에야 안에서 인기척이 들렸고, 곧이어 문을 열고 시계 수리점 사장이 부스스한 머리로 나타났다.

"누구십니까?"

전혀 영업을 하는 사람 같지 않은 첫마디였다. 장사하는 사람은 가게 문 노크하는 사람에게 이렇게 말하지 않는다. 중국집 사장님이 춘장 소스와 짬뽕 국물 소량이 묻은 앞치마를 툭툭 치면서 말했다.

"저는 1층 홍콩반점 대표입니다. 저 기억나시죠? 몇 번 인사를 나눴었잖아요."

시계 수리점 사장님이 고개를 갸우뚱하다가 코를 킁킁거리고는 그제야 아 사장님이시군요라고 말했다. 그러곤 다소 놀란 표정으로 어떻게 여기를 오셨는지요?라고 일반인이 하는 질문을 했다. 혹시 시계 수리를 맡기러 오셨나요? 이런 영업 멘트는 잊어버린 모양이었다.

중국집 사장님이 안으로 몇 걸음 들어가자마자 온갖 악취가 코를 찔렀다. 홀아비 냄새가 60%이고 곰팡이 냄새가 20%였고, 나머지는 쇠붙이, 윤활유 등에서 나는 냄새였다. 냄새만으로 볼 때 실질적으로 이 가게는 가게로서의 기능을 상실한 듯 보였다. 눈으로 볼 때도 시계 수리를 하는 책상 위에 각종 수리 도구들과 함께 세간살이가 마구 뒤엉켜 있었고, 두툼한 천가방이 10여 개 쌓여 있었고, 구석 모퉁이에는 침대가 놓여 있었다. 이곳에서 숙식을 해결하는 모양이었는데 그 형편이 상당히 안 좋게 보여 측은해졌다.

그러고 보니, 시계 수리점 사장님 얼굴이 홀쭉했고, 몸이 비실비실해 보였다. 맛과 영양가를 선보이는 가게(중국집) 사장으로서 이것을 그냥 지나칠 수가 없었다. 중국집 사장님이 상대에게 식사는 하셨냐고 묻자, 아직요라고 답하자 홍콩반점 카운터에 여기로 자장면과 탕수육을 보내 달라고 전화했다. 상대는 이게 뭔일이지라는 표정을 지을 뿐 전 괜찮아요라고 체면을 차리지는 못했다.

이윽고 상대는 정중히 사양하는 것 같은 일은 자기 사전에 없다는 듯이 허겁지겁 중국음식을 게걸스럽게 먹어 치웠다. 우선 배를 채울 수 있을 때 채워 보자는 시계 수리점 사장님의 생활의 지혜가 빛났다. 시계 수리하는 책상 귀퉁이에 올려놓은 음식을 다 먹어 치우고 나서, 입을 열었다.

"근데 용건이 무엇입니까? 갑자기 찾아오셔서 저에게 식사를 다 베풀고."

커버가 찢어진 소파에 앉은 중국집 사장님은 입이 잘 떨어지지 않았다. 모든 걸 털어놓으려니 상대가 안 믿을 것 같고, 또 엉뚱하게도 자신을 미리 도둑으로 점치고 있다면서 화를 버럭 낼 수도 있었다. 중국집 사장님이 고민에 고민을 거듭하다가 말했다.

"보아하니 장사가 잘 안 되시는 것 같아 보입니다만."

상대가 이쑤시개로 이를 쑤셨다.

"보다시피 그저 그렇습니다. 작년 말부터 급격히 매상이 떨어지더니 이 모양 이 꼴이 되고 말았지요. 수입이 전혀 없는 지 오래되었습니다."

"저희 중국집도 작년부터 매상이 떨어지기는 했지만 그래도 단골손님이 꾸준히 찾아 주셔서 먹고살아갈 정도는 됩니다. 사장님은 수입이 없어서 그동안 힘드셨겠네요."

상대가 헝클어진 머리를 뒤로 넘겼다. 상대는 현재의 처절한 상황에 초연한 듯 별말이 없었다.

"이렇게 살다가 언젠가 하직할 때 되면 하직하는 게 아니겠습니까?"

오, 그가 수도승 같은 말을 했다. 이런 그가 말과 다르게 우리 홍콩반점에 세 번씩이나 도둑질을 하러 왔단 말인가? 돈을 훔치는 것도 모자라 내가 특별 개발한 춘장 소스를 함부로 꺼내서 면에 비벼서 먹었단 말인가? 중국집 사장님은 어떻게 하면 그가 도둑질을 하는 것을 막을 수 있을까 궁리하다가 묘안을 생각해 냈다.

"사장님, 내가 좋은 제안을 하나 할게요. 이 시계 수리점은 입지가 좋지 않아서 장기적으로 볼 때 장사가 되기는 틀렸다고 봅니다. 우리 중국집은 엄청나게 특별한 메뉴를 자랑하기에 안 좋은 입지에서도 꾸준히 손님들이 찾아오고 있지만요. 사장님에게는 사장님만의 차별화된 기술력 이런 게 없지 싶습니다. 그래서 말인데요, 내가 새 가게를 임차할 자금을 빌려 드릴 테니 가게를 옮기는 건 어떻습니까? 사람들이 많이 다니는 거리 쪽으로요."

수도승 같던 상대가 갑자기 속세에 찌든 사람으로 돌아왔다.

"그게 정말입니까? 그렇다면 내가 그걸 거절할 이유가 없지요."

"대신 조건은 오늘 저녁 여기서 잠자지 말고 여관에서 하룻밤 보내라는 것입니다. 여관비를 드릴게요. 그 이유는 차차 기회가 되면 알려 드리겠습니다."

상대는 1초 동안 이게 뭔 조건이람 하는 표정을 짓고서는 곧바로 손가락으로 오케이 사인을 보냈다. 중국집 사장님도 생긋 미소를 지었다. 상대가 도둑질을 하는 그 시간에 그가 시계 수리점에 부재한다면, 도둑질이 발생하는 것은 불가능했다.

그날 저녁이 되었고, 혹시나 하는 마음에 중국집 사장님은 가게를 지키기로 했다. 만에 하나 발생할 예기치 못할 사태를 대비하기 위해서였다. 새벽 5시 10분이 거의 다 되었고, 가게 홀 구석에서 잠자던 사장님이 발자국 소리에 눈을 떴다. 그가 일어나서 밖을 내다보니, 시계 수리점 사장이었다. 그가 3층으로 올라가는 게 보였다. 이 시간에 그는 여관방에 있어 줘야 예의이자 신의이자 도리였건만 그것을 어겼다. 화가 난 그는 밖으로 나와 그를 따라갔다.

신의를 저버리는 상대가 시계 수리점 문을 열려고 할 때 뒤따라온 중국집 사장님이 나직이 말했다.

"사장님 이러시면 안 되죠."

깜짝 놀란 신의를 저버린 상대는 어쩔 줄을 몰라 했다. 그가 송구하다는 자세를 취했다.

"내가 먹는 약을 깜박하고 안 갖고 와서요. 이 약이 없으면 잠을 못 자거든요."

다행히 불순한 의도는 없어 보였다. 이때 중국집 사장님이 시계를 봤다. 10분이 남았다. 그때 문자가 왔다.

현재 만기 시간 10분 전입니다. 연락 없이 돌아오지 않으면
계약한 대로 진행한다는 것을 명심하십시오.

화들짝 놀라면서 그는 상대와 함께 사무실 안으로 들어가서 상대가 약을 찾는 데 도움을 줬다. 성질날 정도로 느릿느릿 상대가 약을 찾았고 그것도 단번에 찾질 못했다. 그러다가 상대가 약봉을 찾아내자, 중국집 사장님은 그의 손을 낚아채고 밖으로 나왔고 그를 데리고 건물에서 나온 후 비좁은 골목으로 걸어 나왔다. 그러곤 상대에게 비좁은 골목 멀리 가주길 신신당부했다. 그때, 정확히 대출된 하루가 딱 1분 남았다. 그는 한 번 신의를 저버린 시계 수리점 사장님이 못내 미더웠지만 별다른 수가 없었기에 곧장 달려서 현재의 시계 수리점, 그러니까 돌아가면 전당포가 될 그곳으로 향했다. 헐레벌떡 달려서 3층으로 올라간 그는 시계수리점 문을 열면서 앞으로 쓰러졌다.

인자한 미소를 짓는 전당포 사장님 할머니의 목소리가 들렸다. 쇠창살 안으로 비틀거리면서 안으로 들어간 그를 크로노스가 부비부비를 하면서, 카이로스가 푸드덕 날면서 반겼다. 거꾸로 가는 청룡열차를 열 번은 탄 것처럼 멘탈이 나갔던 그가 서서히 제정신이 돌아왔다. 그는 할머니 사장님과 탁자를 사이에 두고 앉았다. 그가 궁금한 걸 물어봤다.

"신의를 저버렸던 시계 수리점 사장님이 내 말을 잘 따랐습니까? 혹시 되돌아와서 그 짓을……."

할머니 사장님은 미소로서 대답을 대신해 주었다.

"내가 소원을 이룬 것이죠!"

할머니 사장님 고개를 끄덕였다. 그가 과거 시간 하루 대출을 한 후 생긴 현실의 변화는 이렇다. 시계 수리점 사장은 마음씨 좋은 중국집 사장의 도움으로 다른 곳으로 이사를 갔다. 홍콩반점이 도둑을 맞고, 또 이로 인해 헛소문이 생겨 매출 타격을 입는 일이 생기지 않았다.

할머니 사장님은 자신은 전당포를 운영하는 자영업자로서 공짜가 없다는 것을 밝힌 후에 대출의 대가 지불을 강조했다.

"계약한 대로 과거 시간 대출의 대가로 사장님은 자신의 시간에서 19년 65일을 전당포에 납부하게 됩니다. 우주 시간의 섭리에 의해 저절로 사장님 시간이 사라지고 그 시간이 전당포로 귀속이 됩니다."

중국집 사장님은 그 이야기를 현실감 있게 받아들일 수 없었다.

"저도 장사하는 사람인데 세상에 공짜가 없는 게 당연하죠. 암."

현실감은 그가 주민등록증을 돌려받고 돌아간 후 서서히 생겼다. 홍콩반점은 서서히 예전처럼 손님들이 찾아들기 시작했다. 한국 현지화 전략이 통한 본토 중국 음식 솜씨가 입소문이 났다. 여기까지는 밝은 면이다. 아쉬운 점은 중국집 사장님의 체력이 현격하게 떨어지고 있었다는 것이다. 홍콩반점 사장님에게 우주 시간의 품으로 돌아갈 날이 서서히 다가오고 있었다.

조폭 – 대출 부적격자 1

"제발 대출해 주라니까요!"

깍두기 머리를 한 거구의 중년 남자가 전당포 내부의 쇠창살을 주먹 쥔 손의 옆면으로 쾅쾅 두드리면서 소리를 질렀다. 쇠창살 너머에서는 아무런 인기척이 없었다. 점심시간을 넘긴 2시쯤이었다. 할머니 사장님은 안에 있었지만 그 소동에 개의치 않고 서류를 살펴보면서 일을 보고 있었다. 계속되는 탕탕 소리에 할머니의 입에서 이런 탄식이 흘러나왔다.

"쯧쯧. 자아 성찰이 더 필요해."

그 남자는 안에 전당포 사장님 할머니가 있는 것을 짐작하고 있었다. 전당포 출입문이 열려 있는 시간이면 틀림없이 쇠창살 안에 있을 것이 분명했다. 안에서 일체 응대를 하지 않자 더 화가 치밀어 오른 남자는 쇠창살 아래의 벽을 발로 힘껏 로우킥 하듯 찼다. 힘 조절을 못했다.

"으악!"

벽에 부딪힌 발등에서 통증이 전기처럼 전해졌다. 남자는 행동 파주의였으며, 불법적인 일을 마다하지 않고 돈이 되는 일이라면 무엇이든지 해왔다. 전당포 할머니 사장님은 그런 남자를 몰라볼 수가 없다. 사람 주위에 감도는 아우라로 판별을 하는데, 보다 정확한 판별을 위해 금테 돋보기를 사용하고 있다. 아우라는 보통 사람의 눈으로는 볼 수 없으며, 영적인 사람들 그러니까 수행이 깊은 종교인, 명상 수행가들만이 볼 수 있다. 물론, 여기에 전당포 할머니 사장님이 포함된다. 고객의 뒤나미스를 파악하고, 과거 시간을 대출해 주고, 정산을 하며, 우주 시간의 섭리를 이야기하는 것은 분명 보통 사람의 경지를 훌쩍 뛰어넘은 것이므로.

전당포 할머니 사장님이 처음 그 남자를 봤을 때 그의 아우라는 붉은색이었다. 무지개색의 '빨주노초파남보'에서 빨간색이 인간 뒤나미스(잠재성, 카르마)의 최저 단계다. 주로 범법자, 탐욕에 물들어 타인을 해하는 사람 등이 해당한다. 빨간색 다음이 주황, 그다음이 노랑 단계로 인간 등급이 높아진다. '빨주노'는 평균 인간 뒤나미스 이하의 단계이며 '초파남보'는 평균에서 평균 이상의 인간 뒤나미스 등급이다. 보라색이 가장 높은 등급이며, 종교인, 영적 수행자들이 여기에 해당한다. 그 전 단계가 남색이고 그 전 단계가 파랑이며 그 전 단계가 초록색으로 단계가 낮아진다. 빨간색은 한 사람으로서 최악이며, 보라색은 최상이다. 아우라 서열을 정리하면 이렇다.

빨강 > 주황 > 노랑 > 초록 > 파랑 > 남색 > 보라

어떤 영적인 사람이 전당포 할머니 사장님을 보았다면, 분명 그의 눈에 할머니 주위를 감싼 보라색 아우라를 생생히 볼 수 있을 것이다.

여기서 아우라가 나온 김에 이에 대해 부연해 볼까 한다. 지구에도 아우라가 있는데 여러 차례 변화가 된 적이 있다. 지구 아우라는 오래전에 보라색이었던 때를 뒤로 하고 주로 '빨주노'에 머물러왔다. 빨강에서 주황 노랑으로, 노랑에서 주황, 빨강으로. 지구 아우라가 빨강으로 도배질 되었을 때 지구에 큰 재앙인 빙하기가 왔다. 세계 대전이 발발할 때도 그랬다. 시간이 흐른 지금은 어떨까? 지구 아우라가 다시 노란색, 주황색을 지나서 빨간색으로 변해 가고 있다. 그 이유는 두 가지로 요약이 된다. 하나는 지

구 생태계의 심각한 파괴, 또 다른 하나는 사람들의 뒤나미스 하락(특징: 사람들이 너무 돈을 밝히고 돈에 목을 매면서 자기 시간을 너무 무시 홀대한다). 지구는 희미하게 과거의 보라색 아우라의 시절을 기억하고 있다. 앞으로 뜻있는 영적인 사람들이 마음을 합쳐 지구 아우라가 초록, 파랑, 남색을 지나 다시 보라색 단계로 진입하게 만들어 주길 바란다.

그 남자는 의자에 걸터앉아서 욱신거리는 발을 주물렀다. 그의 눈에 쇠창살 안으로 들어가는 문의 도어록이 들어왔다. 성질 같아서는 비밀번호고 뭐고 나발이고 그냥 빠루(쇠지렛대)로 도어록을 뜯어내 버리고 싶었다. 실제 그는 그런 경험이 넘쳐났다. 자기네 나와바리에 들어와 허락 없이 룸살롱을 하는 상대편 조직을 급습할 때, 자기네 식구를 건드린 상대편 조직의 숙소를 급습할 때, 부끄럽게도 조직 생활 하기 전 너무 배고파서 좀도둑질을 할 때 그랬다. 남자가 땀이 나는지 연신 들고 다니는 수건으로 이마, 목덜미 그리고 겨드랑이를 닦았다. 단추가 풀린 셔츠 사이로 파란색 동양화가 보였다.

그가 문자 온 소리를 듣고 스마트폰을 바라봤다. 조직에 몸담은 사람 특성상 긴급 호출이 있지나 않은지 체크를 했다. 대부업체서 온 문자였다.

"아이씨. 내가 누군지 알고 문자질이야. 이것들이 작살 나 봐야 정신 차리려고 하나."

그가 고개를 들어 쇠창살의 창구를 바라봤다. 검정고양이 한 마리가 얄밉게 슬쩍 밖을 내다보고는 야옹하고 지나쳤다.

"이젠 고양이까지 나를 무시하네. 내가 이 동네 꽉 잡고 있는 거 모르나 보지? 내가 식구들 불러서 이 전당포를 아작 내던지 해야지 원."

쇠창살 안에서는 아무런 소리가 들리지 않았다. 깍두기 머리를 한 남자가 스마트폰을 들어 타임전당포 폰 번호를 누른 다음 발신 버튼을 눌렀다. 하지만 할머니 사장님께서 수신 차단을 해버려서 쇠창살 안에서 전화벨 소리가 들리지 않았다. 어쩌면 안에 아무도 없을 수 있었다는 생각이 들기 시작했다. 점점 안에 전당포 사장님이 있다는 확신이 희미해져 갔고 지쳐 갔다.

이게 벌써 열 번째였다. 그 깍두기 머리에 문신을 한 조직계 남자가 이곳에 찾아온 것이. 마치 그는 자신이 대부업체 사장쯤이나 되어 이곳에 빚 독촉이라도 하러 온 듯했다. 실상은 그 반대였다. 그가 타임 전당포에 대출을 하러 왔다. 그는 타임 전당포의 고객 중 누군가로부터 이곳이 과거 시간을 대출해 준다는 정보를 캐냈다. 그래서 이 야비한 사내가 이곳을 찾아오게 된 것이다. 하지만 번번이 퇴짜를 맞았다.

초기(1회에서 4회 방문)에 이곳을 왔을 때만 해도 그의 말투는 완전 거칠었다.

"대출 안 해 주면 다 부숴 버려요!"

"대출을 안 해 주면 신상이 해로울 겁니다."

"대출 안 해 주면 우리 식구들이 가만있지 않습니다."

이랬던 그의 말투가 중기(5회에서 7회 방문)에 이렇게 변했다.

"고객을 차별하는 겁니까? 왜 대출을 안 해 주는 겁니까?"

"고객 차별로 구청에 민원을 넣습니다."

"경기남부지방경찰청 광역수사대에 이상한 영업을 한다고 신고합니다."

그러다가 근래 이렇게 말투가 온순해졌다.

"제발 대출해 주라니깐요!"

"대출 안 해 주면 여기서 한 발짝도 안 나갑니다."

"대출만이 내 살길입니다. 제발 도와주세요. 사장님."

말로 내뱉지 않을 뿐 근래에 그 남자 마음속에서는 이런 철부지 말투도 생겨났다.

'흥, 대출 안 해 준다 이거지? 삐질 거야.'

'우리 전라도 외할머니가 한 성질 하시는데 이를 거라고.'

'싫어 싫어 싫어욤.'

사내가 깜빡 졸음에 빠지려고 할 때였다. 쇠창살 안에서 할머니 목소리가 들려나왔다.

"오늘이 몇 번째 방문인가요?"

사내가 눈을 크게 떴다. 사내가 잠깐 기억을 더듬는 것과 동시에 왼손가락, 오른손가락을 펼쳐서 하나씩 꼽기 시작했다. 눈앞에 두툼한 주먹이 보였다.

"사장님, 이번이 열 번째입니다. 잘 모시겠습니다."

"잘 모시긴 뭘 잘 모신다는 겁니까? 아직도 건달의 물이 다 빠진 게 아닌가 보네요."

사내가 흠칫 놀란 듯했다.

"시정하겠습니다! 뭐든지 시키는 대로 따르겠습니다."

쇠창살 너머에서 희미한 웃음이 들리는 듯했다.

"내가 한마디도 안 했는데 이곳에 열 번이나 온 걸 보니 보통 건달은 아닌 것 같아요. 보통 건달이라면 금방 체념해 버릴 것이 뻔하죠. 그런데 고객분은 인내심이 상당하네요. 무려 열 번이나 여길 찾아왔다면 간절함과 진실함이 있다는 뜻이겠지요."

사내가 눈을 멀뚱멀뚱 뜨고 서 있으니, 쇠창살 안에서 목소리가 들려왔다.

"고객님이 그 정도의 정성을 보였으니, 내가 시간을 내줘야 하겠네요. 비밀번호 7777*입니다. 안으로 들어오세요."

사내가 비밀번호를 듣고 나서 도어록에 번호를 눌러서 안으로 들어갔다. 그가 모습을 보이자, 아까 그 얄미운 고양이가 겁먹은 표정으로 훌쩍 먼 곳으로 뜀뛰기를 했다. 앵무새 카이로스도 다소 긴장한 듯 퍼덕거렸다. 그는 할머니가 앉아 있는 탁자 맞은편에 가서 앉았다. 그가 걸어와서 자리에 앉을 때 할머니 사장님은 그를 유심히 살펴봤다. 그의 오로라가 주황색이었다. 처음 전당포의 쇠창살 창구에서 몰래 그를 봤을 때는 온통 빨간색이었었다. 지금은 붉은색이 군데군데 있었지만 전체적으로 주황색이었다.

이를 해석하자면 이렇다. 극악 흉악 범죄자 급(붉은색 아우라)에서 우발 단순 범죄자, 죄를 뉘우치는 초범, 자아 성찰을 하는 범법자 급(주황색 아우라)으로 이동이 된 것이다. 발전이 있었다. 그간 전당포 사장님이 나 몰라라 하고 그의 요구에 대꾸 한번 하지 않고 무대응으로 일관해 온 성과였다. 그가 당한 아홉 번의 무시와 괄시, 고객 차별 푸대접으로 조폭 '가오'가 무너짐에도 불구하고 이번 열 번째 이곳을 방문했다. 그러는 동안 그는 내면의 변화를 겪었다. 혹자는 조직계 남자에게 이런 일이 가능할까요?라고 의구심이 들 수 있기에 한마디 보탠다. 단군 신화에 나오는 우리 조상님 곰도 21일간 동굴에서 마늘과 쑥을 먹는 고행을 통해 여자가 되었다!

조직계 남자는 처음에 눈빛이 날카로웠지만 이내 점잖아졌다. 앞에 계신 연세 지긋한 노파에게 쓸데없이 경계심을 가질 필요가 없었다. 그것도 그것이지만 근래 그의 눈빛은 자신도 모르게 조금씩 온순해지고 있었다. 캐비닛 위에서 두 다리를 앞에 모은 까만 고양이가 동그란 눈을 반짝였다. 이에 질세라 조직계 남자가 눈에 힘을 팍 줬다. 그러자 까만 고양이가 움찔 놀라서 몸을 숨겨 버렸다. 아직 그 남자는 본래의 붉은색 아우라 계를 완전히 탈피한 상태가 아니었다. 그러지만 주황색이 전체적으로 자리를 잡아 가고 있었다. 이 정도면 희망적이었다.

남자가 다리를 꼬려고 하다가 예의가 아니라는 생각이 들어서 그대로 앉았다. 할머니 사장님이 인자한 표정을 지었다. 남자가 그 모습을 보자, 그가 아주 어릴 때 그러니까 조직계하고는 완전 상관없이 천진난만한 철부지였을 때 자신을 사랑으로 돌봐 주시던 외할머니가 떠올랐다. 그 남자는 친족 어르신을 접견하는 것처럼 예의 바른 사람처럼 행동했다. 구부정한 자세를 일직선으로 한 후 두 손을 모아서 단전 위에 올려놓고 분부만 내리십시오, 하듯이 고개를 살짝 구부렸다. 할머니 사장님은 그의 눈을 뚫어져라 쳐다봤다.

"궁금한 것을 물어볼까요? 여기는 어떻게 알고 찾아온 건가요?"

앞에 앉은 사내가 뜨끔했다. 질문에 대한 대답은 자기가 저지른 못된 짓과 연루가 되어 있기 때문이다. 조직계답지 않게 머리를 한두 번 긁적거리다가, 사내는 이게 뭔 좀스러운 행농인가 싶어 손을 급히 내렸다. 그러고는 뜨끔함을 감추기 위해 센 척을 하느라 오른손을 탁자 위에 올려놓고 톡톡 두드렸다.

"그러니까 얘기하자면 좀 긴데요……."

할머니는 전혀 반응이 없었고, 너 나쁜 짓 한 거 다 알고 있다는 듯 입꼬리를 올렸다. 잠시 침묵이 흘렀다.

"그게 말입니다. 아는 사람이 알려 줬습니다."

"그가 누구죠? 내 고객분인지 알고 싶네요."

"사장님이 호기심이 참 많으시구나. 궁금한 게 많아서 아직도 치매 그런 거 걱정할 필요 없이 정정하신 것 같습니다."

"말 돌리지 말고 똑바로 말해 보세요. 그래야 대화가 됩니다."

사내가 정신을 똑바로 차리고는 화끈하게 다 불기로 했다.

"그러니깐 먹자골목 위 지하철역에 있는 노래방 사장이 알려 줬습니다. 내가 오랜만에 직접 그 노래방 사장에게 밀린 보호비를 받으러 갔는데 거기가 장사가 잘 안 되는 곳인데 의외로 손님 많더라고요. 그 사장이 장사가 잘 안 되고, 딸이 죽을병에 걸려 오늘 내일 해서 죽을 맛이었는데 표정도 좋더라고요. 내가 어떻게 된 일이냐 라고 물어봤죠. 그 사장이 미수금 안 받는 조건이면 좋은 것을 알려 준다고 하기에 내가 인상을 팍 썼습니다. 그러자 그가 웬 전당포 할머니가 자신에게 과거 시간을 대출해 줬는데 과거로 돌아가서 문제를 해결하니 지금 장사가 웬만큼 되고, 딸도 건강해졌답니다. 이게 뭔 귀신 씻나락 까먹는 소리냐고 계산대를 내리치니까 그래도 진짜라고 하더라고요. 다른 건 몰라도 그 사장은 허튼소리 지껄이는 짓은 못 할 사람인데 말이죠. 내가 이래 봬도 머리 회전은 빠르잖아요. 그래서 오호 새로운 비즈니스 모델을 발굴해 볼까나 하고 그 사장에게 모든 것을 전해 들었습니다."

할머니 사장님이 기억을 더듬는 듯했다.

"먹자골목 위 지하철역 빌딩 지하의 노래방 말이죠? 최 사장님인가 그렇죠? 체형이 호리호리한 전직 고등학교 수학 선생님?"

"네."

할머니 사장님이 책상에서 서류철을 꺼내 와 여러 장을 넘겼다. 그러다가 한 장에서 멈췄다.

"그분을 만난 지가 얼마나 되었습니까?"

"3개월 전입니다."

"그사이에 또 그 사장을 만난 적이 있었나요?"

"나는 중간 허리 역할을 하니까 현장 관리는 밑에 동생들이 합니다. 그니까 그 사장을 만난 일이 없죠."

"그럼 그 뒤로 사장님 소식을 못 들었습니까?"

"보호비는 따박따박 준다는 것 외에는요."

"지금 그 사장님의 신상에 어떤 일이 있는지 알아보세요. 동생들한테 물어보시죠."

아씨 내가 그런 일까지 라는 말이 나오던 남자가 경직을 풀었다. 스마트폰을 들었다.

"야, 하나 물어보자. 지하철역 *** 노래방 사장님 요즘 어떻게 지내냐?"

동생이 즉각적으로 피드백을 줬다.

"제가 보호비를 갈취, 아니 협찬 받으러 가서 그 사장 잘 압니다. 그 사장이 저번 달에 간경화에 걸렸다고 하더라고요. 가게는 지금 마누라가 나와서 보고 있습니다."

남자는 그런 일이 있었어? 라고 말하고 몇 마디 나눈 뒤 이따 한잔 하자고 말하며 전화를 끊었다.

할머니 사장님이 고개를 끄덕이고 나서 서류철을 다시 책상 위 서류 보관함에 놓았다. 할머니가 제자리로 돌아왔다.

"모든 일에는 대가가 따르는 법입니다. 그 사장님은 과거 시간 대출을 받은 후 소원을 이루었습니다. 하지만 그에 대한 대가로 자신의 시간, 곧 수명이 단축이 되었지요. 이것이 우주 시간의 섭리이자 질서입니다."

남자가 어안이 벙벙했다.

"그럼 진짜로 과거로 가는 게 맞다는 말이죠?"

"암요."

"그런데 대가라는 말을 하는 걸로 봐서는 공짜가 아니라는 말로 들립니다. 과거 여행을 시켜 주는 대가로 지불하는 것이 있는데 그것이 자신의 시간이란 말이죠? 수명이 줄어든다는 말이죠?"

조직계 남자가 최대치로 머리를 회전시켜 봤다.

"그래요. 과거 시간 대출의 대가로 큰 병에 걸리거나 신상에 사건, 사고가 닥치면서 수명이 단축된답니다."

남자가 오호 했다.

"우리가 관리하는 대부업체랑 비슷하네요. 거기는 돈 빌려줘서 못 갚으면 장기를 파내서 내다팝니다. 요즘처럼 경제가 어려운 때는 돈을 제때 못 갚는 사람이 많습니다. 장기가 털려서 얼마 못 사는 대출자가 많다고 하더라고요."

할머니가 이맛살을 찌푸렸다.

"이것 봐요. 어떻게 그런 불법 대부업체가 이곳과 같다는 겁니까? 이곳은 엄연히 안 좋은 상황에 놓인 분들에게 과거 시간을 대출해 주고 그 대가로 대출자의 시간을 지불받아요. 그런데 왜 과거 시간 대출 같은 좋은 일 하면서 수명을 단축시키게 하는지 의아하겠죠? 그것은 우주의 섭리이자 법칙이기에 내 능력 밖의 일입니다. 나는 과거 시간 대출 전당포 사장으로서 시간을 대출해 주고, 대출자로부터 대가로 시간을 납부받습니다. 그러면 전당포에 시간이 모이게 되는데 단 0.1초도 허투루 쓰이는 법이 없어요. 또 누군가 과거 시간이 절실한 사람에게 빌려주게 되는 것입니다."

"그래도 비즈니스니까 전당포에서도 남겨 먹는 게 있잖습니까?"

"대출자로부터 대가로 받은 많은 시간이 전당포에 귀속이 됩니다. 하지만 대출에 쓰이는 극히 일부의 시간만 남기고 나머지의 많은 시간은 모조리 우주 시간의 품으로 귀속이 됩니다. 그리고 근로소득으로서 내가 생명을 영위하는 데 일부의 시간을 가져갈 뿐인 거죠. 전당포 사장으로서 내가 일부만 사용한답니다."

남자는 할머니 사장님 말의 일부는 이해를 했고, 그 나머지는 뭔 말인가 싶었다.

"오늘 처음 전당포 사장님을 뵈었습니다. 그래서 사장님 말을 다 이해하기는 힘들 것 같습니다. 차차 시간이 필요한 것 같아 보입니다."

"당연하죠. 말로 설명하기 힘든 신비로운 일에 대한 것이니까 당연히 보통 사람으로서는 이해가 되기 어렵겠죠?"

깍두기 머리에 문신을 한 남자가 입맛을 다시면서 방 내부를 쭉 둘러봤다. 그러다가 구석에서 얼굴을 빼꼼히 내민 크로노스와 눈이 마주쳤다. 그가 다시 이맛살을 찌푸리자 크로노스가 냉큼 숨어 버렸다. 남자는 은밀하게 밤거리를 나돌아 다니는 길고양이를 썩 좋아하지 않았다. 집고양이도 매한가지였다. 그에게 고양이들은 다소 꺼림칙해 보였다. 깍두기머리 남자가 할머니를 응시했다.

"할머니, 아니 사장님. 저에 대해 어느 정도 아실 걸로 생각합니다. 근데 어쩌자고 나를 이곳으로 불러들였습니까? 이 안에 귀중품들도 꽤 있을 것 같은데 대체 뭘 믿고?"

말투가 다소 딱딱했지만 할머니 사장님은 크게 개의치 않았다.

"잘 아시겠지만 여기는 귀중품을 담보로 돈을 빌려주는 곳이 아녜요. 그러니까 이곳에는 값나가는 물건이 하나도 없어요. 그리고 나도 사람 보는 눈이 있는데 아무나 이곳에 들이겠습니까?"

"그럼 내가 아무나가 아니란 말입니까? 내가 말이죠, 현 조직계 서열이 이래 봬도……."

"됐습니다. 좀 전에 현직은 얘기했잖아요. 현직이 아무리 그렇더라도 고객님은 이곳에 10번 찾아오는 동안 마음에 변화가 생긴 것이 분명합니다. 나는 그렇다고 자신합니다.”

“마음의 변화라니요?”

“원래 고객님에게는 동심이 있었습니다. 보통 불량배들과 다른 점이죠. 그것을 주위에서 눈치 못 채게 하려고 일부러 더 난폭하고 야비한 척하는 스타일입니다. 그러다 현직에 이르게 된 거고요. 맞죠?”

깍두기머리가 깜짝 놀랐다.

“아니, 그걸 어떻게 아셨습니까? 타로 가게는 아래층인 것으로 아는데요. 서로 제휴라도 맺었습니까?”

“하하, 우스운 얘기를 하시네요. 저는 사람을 감정하는 눈을 가지고 있답니다. 절 믿으세요. 고객님은 요즘 심경에 변화가 생겼고 이를 통해 갱생의 기회가 찾아왔다고 봅니다. 솔직히 만약 과거로 돌아간다면 이런 생활에서 완전히 손 떼고 싶지 않습니까?”

깍두기머리가 침을 꼴깍 삼켰다.

“당연하죠. 이런 양아치질, 아니 조직계 생활이 나하곤 잘 안 맞는 것 같습니다. 내가 괴롭힌 사람들이 아파하고, 고생하고 또 그 가족이 눈물 흘리는 모습이 밤마다 꿈속에 나타납니다. 왜 하필 야비한 조직계 중간 허리인 나에게 그런 질척거리는 꿈이 나타나는지 참 원. 지금 생각해 보니, 사장님 말씀대로 진짜로 내게 동심이라는 게 있어서 그런 것 같습니다. 어릴 때 나는 눈물이 많았고, 아이들과 산과 들에 매일같이 놀러 다니고, 티 없이 맑은 하늘을 오랫동안 바라보는 것이 좋았었어요. 그 순수한 아이가 어쩌다가 이 모양이 되었는지."

"고객님에게는 순수한 동심이 있었고, 그것이 요즘에 살아나기 시작하고 있어요. 타임 전당포를 무려 10번이나 찾아오면서 말이죠."

남자가 손목에 찬 금시계를 슬쩍 보았다.

"그럼 본론적으로 이야기를 드리겠습니다. 사장님, 저에게 과거로 돌아갈 수 있게끔 과거 시간 대출을 해 주시렵니까?"

할머니 사장님이 책상 위에 놓인 금테 돋보기를 들어 남자의 얼굴을 확대했다.

"아직 이릅니다. 고객님은 신용불량으로 대출 부적격자입니다. 다시금 내가 고객님의 뒤나미스를 정밀 감정을 해도 그렇게 나옵니다. 고객님은 과거 시간을 대출했을 때 소원성취 가능성이 매우 낮고, 어떤 비행을 저지를지 모른다고 감정이 나옵니다. 한마디로 신용 불량입니다."

오로지 과거 시간 대출이라는 목표 때문에 온건을 유지해 왔던 남자의 긴장이 풀렸다.

"에이씨, 이것 또 뭔 개뻑다구리 같은 소립니까? 내가 지금 너무 유하게 보여서 나를 너무 안전한 사람으로 보는 건 아니죠? 내가 별이 9개나 돼요. 고객 차별하지 말고 과거 시간 대출해 주세요. 여기 고객인 먹자골목 위 지하철역 ***노래방 사장도 잘 모르시나 본데 참 얍삽한 놈이에요. 그 사장이 장사 안 된다고 보호비를 얼마나 깎아대는지 모르죠?"

할머니 사장님이 입을 굳게 다물었다. 그러자 까두기머리가 진짜 제 할머니라도 화나게 한 것 같은 기분에 안절부절못하고 초조해졌다. 노래방 사장이 보호비를 깎는다는 쓸데없는 말을 내뱉은 것이 후회가 되었다.

"앞으로 시간을 두고 봐야겠습니다. 신용이 얼마나 회복되느냐에 따라 과거 시간 대출 여부가 결정됩니다. 고객님이 앞으로 더 심성이 고운 사람으로 변하길 바랄 뿐입니다. 아직은 대출 불가입니다."

할머니는 격려 차원에서 범법자들이 과거 시간 대출을 받은 두 사례를 소개해 줬다. 앞에 앉은 거구의 남자에게 용기와 희망을 주기 위해서였다. 그 이야기는 할머니 사장님이 주인공으로 나오는 1인칭 시점에다가 대화 말투로 소개할까 한다.

● 하루 대출받은 생계형 절도범

30대 초반인 그 남자가 처음 타임 전당포로 왔을 때, 나는 쇠창살 창구 너머로 그에게서 붉은색과 주황색 아우라가 감도는 것을 발견했지 뭡니까. 그 비율은 정확히 반반이었지요. 이럴 경우 나는 그를 안으로 들여야 할지 말아야 할지 곤란한 입장이 되거든요. 그는 언제든지 붉은색 아우라로 가득 찬 흉악범으로 돌변하거나, 그 반대로 주황색으로 가득 찬 자아 성찰 하는 모범수처럼 될 수가 있었습니다. 나는 다시 그자의 외모를 살펴봤지요.

외모는 착하게 생겼고 또 동정심을 불러일으킬 만큼 불쌍해 보였습니다. 그래서 내가 한번 그에게 기회를 주기로 했지요.

"과연 대출이 가능할지 모르겠으나 한번 봅시다."

그가 안으로 들어왔습니다. 그의 눈동자가 불안했어요. 그와 동시에 방 구석구석을 살피면서 값나가는 물건을 살피는 기색이 역력했습니다.

"여기는 어떻게 알게 되었나요?"

"여자 핸드백을 훔쳤는데 거기에 들어 있던 홍보 명함을 보고 찾아왔습니다. 정말 과거 대출이 됩니까?"

그러면서 그 남자는 비듬 가득한 머리를 긁적였다.

"암요, 근데 신용 상태를 먼저 봐야 합니다."

내가 금테 돋보기를 들고 그 남자를 꼼꼼히 감정해 봤습니다. 아직까지 완전 신용 불량자는 아니더군요. 일말의 믿음이 남아 있었던 게지요. 내가 무엇 때문에 과거 시간 대출이 필요한지를 물었습니다. 남자는 내 시선을 똑바로 마주치지 못했어요.

"내가 올해 실직을 해 가지고서 모아 놓은 돈도 없고 해서요, 못된 짓을 했습니다."

내가 눈을 정면으로 바라보면서 귀를 쫑긋 세웠지요

"처음엔 편의점에서 빵, 컵라면을 훔쳤어요. 다행히 직원이 눈 감아 준 건지 아니면 눈치 못 챈 건지 그대로 넘어갔어요. 문제는 내가 원룸 월세에 관리비, 공과금, 스마트폰 요금이 6개월 치나 밀렸다는 거예요. 그래서 당장 배를 채워야 하다 보니 절도를 이 어가게 되었습니다. 편의점, 대형마트, 시장 같은 데서 먹을 것 위 주로 훔치다가 현금이 있어야 한다는 생각이 들어서 빈집털이, 목욕탕 로커 털이, 취객 지갑 털이 같은 일을 하게 되었어요."

나는 대충 그의 절도 행각이 한두 번이 아님을 짐작했었지요. 불가피한 사정이 있을 거라는 예감이 들었는데 맞았습니다.

"아무리 그래도 그렇죠. 절도는 엄연히 범죄입니다. 젊은 분이 일해서 돈을 벌 생각을 해야죠."

"어쩌다가 이렇게 되고 말았습니다. 편하게 살려다 보니 그랬 습니다. 그리고 절도 행위가 걸리지 않게 되자 묘하게 더 충동이 생기게 된 점도 있어요. 차라리 처음부터 경찰에 걸렸으면 예전 에 이 짓을 그만뒀을지도 모르지요."

또다시 그를 감정을 해 봤더니 신용도가 중간 정도로 나왔습니다. 그 정도면 그래도 믿을 만한 것이었지요.

"대출 여부는 내가 결정을 합니다. 마지막으로 내가 고객님에게 대출을 해야 하는 이유를 말해 보세요."

"집에 딸이 하나 있습니다. 이제 겨우 네 살입니다. 이혼한 후 줄곧 혼자서 딸을 키워 왔어요. 딸에게 부끄럽지 않은 아빠가 되고 싶어요. 흑흑. 과거로 돌아간다면 새로운 사람이 되고 싶어요."

이리하여 내가 친히 그에게 과거 시간 하루를 대출해 줬답니다. 과거로 돌아간 그는 처음 절도를 했던 편의점에 들렀습니다. 그런데 그의 마음과 다르게 그의 손이 어느새 처음 훔쳤던 보름빵에 가고 있었지요. 원래대로 반복하려는 시간의 힘이 작용한 것입니다. 그는 심장이 두근거렸어요. 이대로 시간이 지나면 그는 원래대로 절도범이 되는 것이었지요. 이때 그는 스마트폰을 꺼내 초기 화면의 딸 사진을 봤습니다.

'아빠 나쁜 짓 하면 다신 아빤 안 볼 거야. 그럼 아빠 싫어~'

이런 소리가 메아리치는 듯했지요. 딸의 목소리에 힘입어 그는 보름빵을 도로 제 위치에 올려놓았습니다. 그러곤 천천히 걸어서 출구 쪽으로 향했지요. 실은 그 남자의 수상쩍은 행동을, 편의점 알바 하는 모 여대 사회복지과 휴학생이 반사경을 통해 다 보고 있었지요. 어쩌면 마음 착한 여자 휴학생은 속으로 저 불쌍한 사람이 편의점 베이커리를 훔치려고 하면 모른 체해야지라고 마음

먹고 있었는지도 모르지요.

그 불쌍하게 생긴 남자가 빈 손으로 나가려고 하자 편의점 알바 여자 휴학생은 그를 멈춰 세웠습니다. 그 순간 그는 얼어붙었지요. 마치 자신이 절도하려던 마음을 들킨 듯이.

"단골 아저씨, 실례가 되지 않는다면 한 가지 말씀드려도 될까요?"

여학생의 물음에 그가 그래도 됩니다 하고 대답했지요.

"혹시 유통 기한이 지난 도시락과 샌드위치 그리고 베이커리가 있는데 드실래요?"

'헉'

그는 어떻게 자신의 니즈를 정확히 알아맞혔는지 놀랐습니다. 사회복지학과 여자 휴학생 현 편의점 알바는 생글생글 친절한 표정이었지요. 그리고 그 남자의 눈빛에 생기가 돌았어요.

"요즘 음식물쓰레기로 환경 오염 문제가 심각하잖아요. 저는 자연을 아끼는 차원에서 먹을 수 있는 음식은 함부로 버리지 말아야 한다는 입장입니다. 그러니까…… 남는 것 있으면 주세요."

이리하여 그는 아슬아슬하게 절도 행위를 피했고, 현실로 돌아왔습니다. 네 살 딸이 싫어하는 것을 극도로 두려워하던 그 남자는 막노동을 전전하다가 택배 일을 시작했습니다. 현재 그는 건강에 큰 문제가 없지만 앞으로 어떤 사건 사고가 생길지 모르지요. 과거 시간을 빌린 대가로 자신의 상당한 시간을 전당포에 귀속했기 때문입니다. 그는 원래보다 적은 생애를 영위할지 모르지만, 그래도 지금의 삶이 행복할 것입니다. 그리고 그가 전당포에 갚은 시간은 또 다른 과거 시간 대출이 필요한 사람에게 유용하게 쓰이게 되었지요.

이야기를 다 들은 깍두기머리 남자가 발끈했다.

"아니 그 도둑놈에게 과거 시간 대출을 해 줬단 말입니까? 나에게는 안 해 주고요."

"그 남자는 생계를 위해 절도를 저질렀지만 그에게는 자아 성찰의 힘이 있었습니다. 자기 죄를 뉘우치고, 자기 삶을 바르게 이끌어 가야 한다는 강렬한 자각이 있었기에 대출이 가능했습니다."

"나도 어쩌다 보니 이 일을 하게 된 겁니다. 고딩 때 친구들 유혹을 잘 이겨 냈어야 하는데 한번 조직 생활을 시작하니까 이곳을 나가기가 쉽지 않았습니다. 그러니까 저에게도 대출해 주시란 말입니다."

"고객님은 신용이 회복되어 가는 상태입니다. 아직 대출 자격이 없어요. 조금 더 자아 성찰의 시간을 가져 보세요. 언제 기회가 올지 모르죠."

다시 할머니가 그윽한 눈빛으로 말을 이어 갔다.

● 3일 대출받은 말기 암 환자

50대 그 남자를 봤을 때 그의 몸에는 온통 붉은색 오로라가 감돌았어요. 쇠창살 창구 너머에서 매우 불길하고 기분 좋지 않은 기운이 전해졌지요. 그는 수많은 악행으로 점철된 삶을 살아온 것이 역력했어요. 그런데 그가 내게 말한 소원이 내 마음을 움직였습니다. 쇠창살 너머에서 그의 목소리가 들려왔어요.

"아마도 저 같은 사람에게는 과거 시간 대출을 허락해 주시지 않을 듯합니다. 사장님은 내가 얼마나 많은 못된 짓을 저질렀는지 잘 알 것이기 때문입니다."

그는 알고 보니 사기, 절도, 폭행, 뺑소니 등으로 전과가 열 개가 넘었지요. 그런데 이상하게도 그의 음성에는 진정성이 느껴졌습니다.

"고객님은 자아 성찰을 상당히 한 것 같아 보입니다."

"내가 근래 내 죄를 크게 반성하고 참회하고 있습니다. 생각으로만 그치는 게 아니라 고아원, 양로원, 복지시설에 가서 봉사 활동을 하고 있습니다. 저로 인해 상처받은…… 컥컥."

갑자기 그가 기침을 심하게 했어요. 알고 보니 그는 폐암 말기 환자였답니다. 암세포가 이미 온몸에 퍼져 있었지요. 그가 자신의 죄를 참회한 계기는 불치의 암이었던 것입니다. 이제 1개월 정도의 시간이 남았다고 말했지요. 그는 진심으로 자신의 삶을 뉘우쳤습니다.

"과거로 돌아간다면 무엇을 하고 싶으신가요?"

잠시 침묵이 흘렀죠.

"내가 뺑소니 사고로 한 여대생을 식물인간으로 만들어 놨습니다. 뒤늦게나마 용서를 구하고자 그 여대생이 입원한 병원에 병문안을 갔었죠. 척추 신경이 마비된 탓에 식물인간이 되었더라고요. 너무 죄송해서 저는 차마 사죄도 하지 못하고 눈물만 흘리다가 돌아왔습니다."

그는 자신의 얼마 남지 않은 삶으로 인해 그제야 바른 삶과 그른 삶의 경계를 뚜렷하게 자각하게 되었지요. 그는 지난 시간 동안 그른 삶에 지배되어 왔었지요. 그런 그가 그 여대생을 보면서 어떤 식으로든지 도와줘야겠다고 생각했어요. 그는 대부업체 여러 곳에 돈을 대출받은 후 그 돈을 여대생의 치료비로 줘야겠다고 마음먹었습니다. 몇 군데 방문했지만 신용 불량자로 대출을 못 받던 차에 길바닥에 떨어져 있는 타임 전당포 명함을 발견했습니다. 과거 시간 대출이라는 이상한 문구가 그의 마음을 끌어 당겼지만 미심쩍은 데가 있어서 지인들 중에 이곳을 아는 사람이 있는지 수소문해 봤지요. 그러다 타임 전당포의 한 고객이 이곳이 진짜라고 말해 줬습니다. 자기 이야기를 들려주면서 절대 함구하라면서요.

"그 여대생을 교통사고 나기 전으로 되돌려주고 싶습니다. 제가 원하는 건 딱 이것 하나입니다. 더 바라는 게 없습니다. 다른 것은 모두 저의 허물이니 내가 흙으로 돌아가면서 다 거둬 가겠습니다."

내가 볼 때 그는 반반이었습니다. 대출을 해 줬을 때 소원 성취 후 되돌아올 가능성과 그렇지 않을 가능성이 반반이었지요. 괜히 과거 시간을 허비하지 않을까 염려가 되었어요. 그렇지만 그 자신으로 인해 불구가 된 사람을 원래대로 되돌리겠다는 간절함이 다가왔습니다. 결국 내가 용단을 내렸지요. 그는 신용이 좋은 편이 못되어 3일 대출을 해 줬습니다. 신용이 안 좋은 그가 과거에서 소원을 성취하기 위해서는 다른 사람에 비해 많은 시간이 요구가 되었지요. 중요한 점은 과거 하루 대출 시 대가로 19년이 소멸이 되는데, 3일 대출이 되었기에 이는 남은 인생 전부(19년의 3배 시간)가 소멸된다는 것이었지요. 따라서 과거 3일 대출은 사실상 사망과 같은 의미입니다.

그리하여 그는 과거로 돌아갔지요. 역시나 그에게는 많은 유혹이 손을 뻗쳤고, 그는 과거로 돌아가서도 또 새로운 범죄를 저지르고 말았어요. 그에게는 과거를 반복하려는 힘이 더 거세었지요. 그러다 그에게 뺑소니를 저지른 그날 그 시간이 다가왔습니다. 그는 현재에서는 국산차를 몰았지만 다시 돌아간 과거에서는 사기를 쳐서 더 많은 돈을 벌어서 외제차를 몰았습니다. 늦은 저녁, 그는 빠르게 차를 몰아 모 여대의 뒷골목을 지나고 있었습니다. 이때, 파란불이 거의 꺼질 때 한 여대생이 뛰어서 건너가고 있었지요. 그의 차는 전속력으로 그 여대생을 향하고 있었고, 그는 꿈에선가 그 여대생을 차로 부딪치는 장면을 떠올렸지요. 그의 차가 막 여대생과 충돌하려는 순간 그는 핸들을 크게 돌립니다. 그러자 차가 차로를 벗어나 건물 벽에 부딪치고 말았지요. 그는 1시간 후에 병원에서 깨어났고, 그동안의 일을 나에게 전화로 모두 알려 줬습니다. 마지막으로 그는 이렇게 말하더군요.

"저 때문에 식물인간이 된 여대생을 원래대로 건강한 사람으로 되돌려 놓아서 여한이 없습니다. 저에게 주어진 시간은 곧 마감이 되겠지요. 저로 인해 피해 입은 사람들에게 죽어서도 용서를 구하겠습니다. 할머니, 저에게 기회를 줘서 고마웠습니……."

전화가 끊겼지요. 그 남자는 곧바로 세상을 하직했답니다.

"사장님 할머님, 이러시면 안 되죠? 그 사람도 전과가 열 개 넘는다면서요. 전 전과가 아직 10개가 안 됩니다. 그니깐 고객 차별하지 마시고 공평하게 대출해 주십시오."

할머니 사장님이 손가락 깍지를 꼈다.

"그 사람은 많은 죄를 저질렀지만 자아 성찰의 힘이 있었습니다. 참회하는 마음과 함께 어려운 사람들을 위해 봉사를 했지요. 더욱이 그의 소원은 오직 자신으로 인하여 사고를 당한 여대생을 구제하는 것이었지요. 이 소원을 이루기 위해, 그는 기꺼이 3일 대출을 각오해야 했습니다. 사실상 그는 자신의 남은 삶을 희생하여 그 여대생을 살린 것이에요. 이것이 바로 위대한 자아 성찰의 힘입니다."

깍두기머리 남자가 숙연해졌다.

"고객님에게도 조금이나마 자아 성찰의 힘이 생기고 있습니다. 그래서 내가 고객님에게 직접 대화를 할 기회를 허락한 것입니다. 그런데 고객님에게는 좀 더 시간이 필요해요. 언젠가 자아 성찰의 힘이 무르익으면, 그때 과거 시간 대출을 해 드리지요."

"대체, 어떻게 자아 성찰을 해야 합니까?"

"그것은 자신에게 물어보십시오. 모든 사람의 마음에는 인생의 문제에 대한 해답이 있습니다. 많은 시간 인내하고 침묵하는 동안 선명히 그 답이 떠오릅니다. 그 순간이 자아 성찰의 힘이 작용이 된 것이지요."

깍두기머리 남자는 일부는 이해되었고, 일부는 여전히 알쏭달쏭했다. 그는 앞으로 더 인내하라는 것과 자신에게 답을 구하라는 것으로 요약정리를 해 뒀다.

안타깝게도 그 깍두기머리 남자에게서 자아 성찰의 힘이 온전히 피어나지 못했다. 할머니 사장님은 그 남자에게 남아 있는 동심으로 인해 자아 성찰의 가능성을 봤지만 그는 기대를 어기고 말았다. 그는 만약 과거 시간 대출 가능 시, 그 자신은 하루 대출은 불가능하며 이틀이나 삼일 대출을 해야 한다고 추측했다. 그러면 과거에서 현재로 돌아올 시, 남은 인생 절반을 날려버거나 관속에 들어 가게 되는 것이었다. 깍두기머리 남자가 더럽게 침을 찍 내뱉었다.

'이럴 거면 과거 대출 그딴 거 할 필요가 없잖아. 그냥 이대로 사는 게 제일 좋은 선택인걸.'

그러곤 그 깍두기 남자는 못된 꿍꿍이를 품었다. 그는 10번째 방문 끝에 타임 전당포의 실체를 확인했다. 그는 타임 전당포가 세무서에 정식 사업자 신고가 안 된 무허가 전당포인 점을 약점으로 압박하여 보호비를 뜯어먹을 계획을 잡았다. 그는 못돼 먹게도 동생들을 집합시킨 후 그곳을 침입하여 나이 지긋한 어르신을 괴롭히려고 했는데 때마침 그가 과거에 저지른 폭행죄와 불법 조직 구성 및 가담죄, 그리고 폭력 금품갈취 예비음모죄로 잠복하던 경기남부지방경찰청 광역수사대 강력계 무술 도합 50단 특채 형사들에 의해 체포되고 말았다. 그는 고분고분하게 차디찬 쇠창살 안으로 들어갔다. 이제 그에게서 주황색 오로라는 완전히 사라졌으며 그저 붉은색 아우라만이 가득했다.

얼짱 강도(얼강) - 대출 부적격자 2

'이상하네. 없어진 건 없지만 누군가 들어왔던 흔적이 있어.'

할머니 사장님이 전당포에 출근했을 때 꺼림칙한 느낌을 받았다. 바닥에 흙이 묻어 있는 것이 눈에 들어왔다. 할머니 사장님은 쇠창살 입구 문의 도어록 번호를 눌렀다. 끼익 문을 열고 안으로 들어가니 역시나 누군가 침입한 듯했다. 서류철함에서 꺼내진 서류들이 책상 위에 어질러져 있었고, 서랍과 캐비닛이 열려 있었으며, 바닥에는 담배꽁초가 한 개 떨어져 있었다. 담배꽁초에는 와인색 립스틱이 묻어 있었다.

할머니 사장님이 한숨을 쉬면서 의자에 앉았다.

'뒤져 봤자 훔쳐갈 게 없는데 쓸데없는 짓을 했구먼.'

카이로스가 있는 새장은 검정 비닐로 덮여 있었다. 할머니 사장님이 친히 팔을 들어 올려 비닐을 벗겨 냈다. 그러곤 새장 문을 열자 카이로스가 할머니 사장님의 어깨 위로 날아왔다.

"제기랄, 귀중품이 하나도 없잖아. 제기랄, 귀중품이 하나도 없잖아. 제기랄, 귀중품이 하나도 없잖아."

앵무새는 새벽에 침입한 자의 혼잣말을 되풀이했다. 할머니는 서류를 한 장 한 장 손으로 집어서 모은 후 서류함에 넣었다. 날짜 순서대로 정리가 된 대출 계약서들이었는데, 사라진 건 없는 듯했다. 지팡이를 의자 옆에 세워 둔 후 천천히 창가로 가서 창문을 열었다. 초가을 따사로운 햇살이 내리쬐었다. 밖을 한번 내다본 다음, 할머니 사장님은 주민등록증이 진열되어 있는 책장으로 걸어갔다. 바닥에 떨어져 있는 서너 개의 주민등록증을 주워서 제자리에 올려놓았다. 만약 주민등록증이 없어졌다면 빈자리가 보여야 하는데 그런 것은 없어 보였다. 새벽에 침입한 자는 대출 계약서, 주민등록증에는 별 관심 없는 듯했다. 카이로스의 말처럼 귀중품을 노린 듯했다.

할머니 사장님은 책장에 놓인 주민등록증을 하나하나 살펴봤다. 그 가운데 어제까지 말짱하던 것이 새카맣게 변해 버린 것이 보였고, 새것처럼 윤이 나던 것이 테두리가 검게 그을리는 것이 보였다. 할머니 사장님은 돌아서서 걸어오면서 행운목의 잎사귀를 매만졌다. 그때 마실을 나갔던 크로노스가 창문 안으로 들어왔다. 간혹 창문을 열어 둬도 크로노스가 이 시각에 들어오는 일이 자주 있었다.

저녁 9시 전당포 문을 닫을 때까지 크로노스가 돌아오지 않을 때도 있다. 그때는 창문을 빠꼼히 열어 두었지만 요즘 들어서는 창문을 닫은 후 잠가 버리고 있었다. 심상치 않은 낌새 때문이었다. 누군가 자신을 미행하는 듯한 느낌도 받았고, 누군가 타임 전당포 문 앞을 서성거리는 듯한 인기척을 느끼기도 했다. 안 좋은 조짐이었다. 그래서 근래에 크로노스에게는 미안하지만 창문을 닫아 두고 있었다. 만약 크로노스가 마실 나간 사이에 비가 오거나, 큰바람이 불면 다시 안 돌아오고 못 배기게 되는데 이때 크로노스는 할머니 집사를 몹시 못마땅하게 생각하리라. 소중하게 키우는 반려동물이 밖에 나갔다가 돌아왔는데 왜 문을 닫아걸어서 안으로 들어가지 못하게 하느냐며 하악질을 하지 않을까?

크로노스가 할머니의 손길에 만족스러운 표정을 지었다. 야행성인 녀석은 아마 온 동네를 자기 안방처럼 헤집고 돌아다니다가 날이 밝아 오자 에너지가 떨어져 귀가한 것이 틀림없어 보였다.

그때, 할머니 사장님 폰에 문자가 하나 왔다.

타임 전당포 맞죠? 혹시 출장 가능하실까요?

그러시면 오늘 꼭 좀 내방 부탁드려요.

출장비는 넉넉히 드릴게염

　문자를 보니 여성인 듯했다. 맨 마지막의 "염"자를 볼 때 2030
여성으로 보이기도 하지만 요즘은 4050 여성들도 철없이 그 끝
말을 사용하고 있었다. 할머니 사장님은 속으로 '알았어염'하려
다가 에구 나도 전염이 되려나 보다 생각했다. 할머니 사장님은
출장은 신중히 결정하고 있던 터라 먼저 전화를 걸어 봤다. 통화
대기 음악이 들려왔다. 앞부분에는 어지러운 영어가 나왔고 그다
음 한국말 노래가 이어졌다.

문을 박차면 모두 날 바라봄

굳이 애써 노력 안 해도

모든 남자들은 코피가 팡팡팡

　할머니 사장님은 빠른 노랫말을 잘 이해하기 힘들었다. 그 노
래는 블랙핑크의 붐바야였다. "코피가 팡팡팡"이라는 노랫말을
듣고서는 무슨 가사가 이 모양이지라는 생각이 들었다. 잠시 후
저쪽에서 목소리가 들렸다.

　"누구세요?"

젊은 여성이었다.

"타임 전당포 사장입니다."

"아, 타임 전당포 사장님이시구나. 방금 문자를 드렸었는데요, 내가 급한 사정이 생겨서 타임 전당포를 이용하려고요."

할머니 사장님의 머릿속이 빠르게 돌아갔다. 타임 전당포 홍보 명함을 접했거나, 타임 전당포 고객의 소개를 받았거나 아니면 타임 전당포가 있는 3층 건물의 어느 가게를 방문하다가 우연히 타임 전당포 간판을 봤을 것이다. 사업자로 정식 허가받지 않은 신개념 과거 시간 대출 전당포이니만치 보안에 신경을 써야 했다. 장사 잘된다고 생각하고 누가 세무서에 찔러 바치면 언제 문을 닫아야 할지 모른다. 할머니 사장님이 조심스레 물어봤다.

"타임 전당포는 어떻게 알게 되셨나요?"

짧은 침묵이 이어졌다.

"그건…… 그러니까 중국집 있잖아요? 1층에 있는 중국집에 갔다가 간판을 보게 되었어요."

"그러셨군요."

할머니는 경계심을 늦추지 않았다. 무허가 불법 영업을 단속하는 세무서 직원일 수도 있었다. 어쨌거나 곧이어 할머니와 여성은 약속 시간과 장소를 정했다. 오랜만의 출장 영업이었다. 눈을 감은 할머니 사장님은 어떤 꺼림칙한 기운을 느끼는 듯했다. 할머니 사장님은 스마트폰에 앱 하나를 다운로드했다.

전당포도 시대가 바뀜에 따라 고자세를 취하기만 해서는 먹고 살기 어렵게 되었다. 언제까지 쇠창살 안에서 팔짱 끼고 앉아 있을 수만은 없게 된 것이다. 그러다가는 고객들을 다른 가게로 다 뺏겨 버린다. 요즘은 고객에게 먼저 다가가는 전당포가 매출이 좋다. 고객이 시간을 내서 찾아오는 것을 기다리지 말고 먼저 고객에게 다가가는 전당포가 대세인 것이다. 타임 전당포도 엄연히 대부업을 하는 전당포였다. 다만 현금 대출이 아닌, 과거 시간 대출이라는 신개념 대출 상품을 내세우고 있을 뿐.

스카프를 머리에 두른 할머니 사장님이 6시에 약속한 반포대교 한강공원 달빛광장에 서 있었다. 할머니 사장님은 택시를 타고 이곳으로 왔다. 약속 장소 바로 옆에 주차장이 있었다. 몇 분 후에 마스크와 선글라스를 한 여성이 나타났다.

"타임 전당포 사장님이시죠?"

"그렇습니다. 오전에 통화하신 분이시죠?"

"네, 접니다. 많이 기다리셨나요? 연세가 있으신데 죄송해요."

"아닙니다. 운동 겸 몸을 많이 움직이는 게 좋지요. 도착한 지는 한 15분 정도 된 것 같네요."

"이러실 게 아니라 제 차를 타시죠."

"다른 곳으로 이동을 하나 보죠?"

"네, 근처입니다. 가깝습니다."

"그럼 애초에 거기서 뵈었으면 좋았을 텐데요."

머뭇거리는 여성의 몸 주위에 붉은색 아우라가 감싸고 있었다.

"내가 요즘 낯가림이 심해서 아무나 만나지 않고 있어요. 신원이 확실한 분만 만나고 있습니다. 그래서 여기에서 먼저 뵙고 나서 확실한 분인지 판단한 거고요."

"사람을 너무 못 믿는 것도 안 좋습니다. 서로 믿고 살아야 하죠. 아무튼 내가 누군지 확인이 되셨다니 다행이네요."

둘은 주차장에서 차를 타고 이동을 했다. 차는 올림픽대로를 달려서 하남시로 빠져들어 갔다. 가까운 곳이 아니었다. 어느새 날이 어두워지고 있었고, 차는 한적한 길을 지나다가 멈췄다. 모자를 눌러쓴 남자가 인도에 서 있었다. 할머니 사장님은 이래 봬도 낌새를 알아차리는 데 도사였다. 여성을 만났을 때부터 시작해서 이동하는 내내 감이 좋지 않았었다. 할머니 사장님은 폰으로 사이렌 소리를 작동시켰다.

"삐용 삐용 삐용 삐용 - "

여성이 화들짝 놀라 뒤로 돌아봤다. 할머니 사장님이 빠르게 말했다.

"이미 경찰에 신고해 놨으니 더 큰 죄를 짓기 싫으면 그대로 차를 모세요."

차 옆에서 서 있던 남자는 놀라서 뒷걸음 쳤다. 그러곤 그길로 도망가 버렸다. 여자가 자신도 모르게 소리를 냈다.

"비겁한 자식, 나만 모든 걸 덮어쓰라고 도망가 버리네."

여성은 실내 후사경으로 할머니의 동태를 파악했다. 할머니 사장님이 사이렌 소리를 울리는 폰을 여성에게 잘 들리도록 앞으로 내밀었다. 할머니 사장님이 입술을 오므리면서 작은 목소리를 냈다.

"폴리스."

여성은 급히 차를 몰기 시작했다. 차는 한적한 길에서 빠져나온 후, 할머니가 지시하는 곳으로 이동했다.

이윽고 차가 도착한 곳은 할머니 사장님이 여자를 처음 만났던 반포대로 한강공원이었다. 둘은 차에서 내린 후 벤치에 가서 앉았다. 붉게 노을이 지고 있었다. 할머니 사장님이 여성에게 마스크와 선글라스를 벗으라고 했다. 마스크를 벗자 드러난 입술이 와인색이었고, 선글라스를 벗은 눈은 촉촉했다. 연예인급 아리따운 여성이었다. 여성이 할머니 사장님을 옆으로 바라보았다.

"어떻게 아셨나요? 저희가 나쁜 짓 할 것을."

할머니 사장님 얼굴에 노을빛이 반사되고 있었다.

"타임 전당포에 몰래 들어왔었죠? 바닥에 와인색 립스틱이 묻은 담배꽁초가 버려졌던데. 댁의 입술 색하고 같네요."

여성이 오른손을 올려 입술에 살짝 갖다 댔다.

"죄송해요. 너무나 사정이 급해서 돈이 될 만한 것을 훔치려고 했어요."

"전화에서 들려오는 댁의 목소리에서 안 좋은 감을 느꼈어요. 다소 떨렸고 또 흥분된 상태였지요. 무엇보다 전화에서 들려오는 댁의 목소리의 파장이 매우 거칠었습니다."

여성이 호기심 어린 눈빛을 반짝였다.

"파장이라뇨?"

"모든 물건, 생명에는 파장이 있습니다. 생명 없는 물건에는 매우 느린 파장, 생명체에는 시시각각 변화하는 파장이 있어요. 그 파장에는 물건과 생명체의 정보가 담겨 있지요. 댁이 나와 통화할 때 전해지는 파장에는 댁의 불길한 의도와 감정이 담겨 있었습니다."

여성은 속 시원하게 이해를 하진 못했지만 어느 정도 감을 잡았다.

"목소리로 내가 나쁜 짓 할 것을 알아보셨단 말씀이네요. 어떻게 그런 일이 있을 수 있는지 대단하세요."

너무 신기한 나머지 여성이 지금 상황과 주제(주거 침입 범죄자이자 강도 모의자) 파악을 놓쳐 버렸다.

"내가 복면 쓰고 나오는 유튜브 채널이 있는데요, 거기에 할머니 사장님이 나오셔서 목소리로 상대방의 생각을 딱 맞추는 묘기를 보여 주면 어떨까요? 그러면 엄청난 조회 수가 나올 것 같아요. 수익 분배는 5대 5 아니 사장님이 7 제가 3 어떠세요?"

할머니 사장님이 눈에 팍 힘을 주고는 '상황과 주제 파악'을 강조했다. 그제야 현실을 자각하고 기가 팍 죽은 여성이 어깨를 바짝 움츠렸다.

"솔직히 어떻게 타임전당포를 알게 되었는지 말하세요."

여성이 훌쩍이기 시작했다. 여성은 위기 상황을 대처하는 방편으로 눈물 작전을 쓰는 데 익숙한 것으로 보였다.

"그 그게……."

인간적으로 보이게 하는 말 더듬기 양동 작전을 펼쳤다. 그러나 할머니 사장님은 아휴 젊은 사람이 불쌍도 하지 같은 기척이 전혀 없었다. 그저 비즈니스 본업에 충실했다.

"실은 내가 훔친 L 핸드백 안에 타임 전당포 명함이 들어 있었어요. 그걸 보고 알게 되었어요."

할머니 사장님은 길게 한숨을 내쉬었다. 여성의 불법 행위가 줄줄이 알사탕처럼 이어져 나올 게 뻔했기 때문이다. 할머니 사장님이 언제부터, 어쩌다 이렇게 된 것이냐면서 솔직히 다 털어놔 보라고 했다. 이때 여성은 또다시 자신의 주제 파악을 놓쳐 버렸다.

"할머니 아니 사장님이 경찰도 아닌데 제가 한 못된 짓을 다 털어놔야 할 이유라도 있을까요?"

그다음 약점 있는 사람으로서 고개를 푹 수그렸다.

"경찰을 부르려고 했다면 진작에 불렀겠지요. 내가 당신이 범죄자인 것을 아는 이상 언제든지 경찰에 신고할 수 있어요. 하지만 나에게 잘 보인다면 신고 같은 게 없을 수 있어요. 사람을 교화하는 데는 교도소보다 자아 성찰의 힘이 더 효과가 있기 때문이죠."

"자아 성찰의 힘이라니 일종의 양심 이런 것인가요?"

"일종의 그런 것이라 볼 수 있죠."

여성은 할머니 사장님에게서 따뜻하면서 마음이 차분해지는 기운이 전해져 옴을 느꼈다. 이에 따라 마음의 무장이 해제되어 갔다. 와인색 립스틱을 바르고 촉촉한 눈매를 한 이십 대 후반의 여성은 그리하여 이실직고를 했다.

여성은 상업계 고등학교를 나온 후, 전문대에서 조리를 전공했다. 호텔에서 첫 직장 생활이 스타트 되었는데 그녀의 뛰어난 미모에 주위 사람들이 그녀를 가만 내버려 두지 않았다. 주방에서 조리 보조를 하던 그녀의 산뜻 청순한 외모를 본 호넬 지배인이 그녀에게 다른 직책을 하달했다.

　"주방에서 썩히기 아까운 인재야. 호텔 로비 안내 데스크에서 일해 보는 게 어때요?"

　말은 권고였지만 실제로는 명령이었다. 그다음 날부터 여성은 헐렁한 조리복 대신에 타이트한 호텔 유니폼을 입고 호텔의 얼굴이 되었다. 그녀는 시간이 지나면서 많은 고객들로부터 찬사를 받았다. 그녀를 보러 일부러 호텔 로비에 오는 한가한 사람이 꽤 많았다. 그녀는 서양 음식 요리 대신에 고객들을 웃음으로 요리하는 일을 했다. 그녀가 웃으면서 응대하는 고객들은 다들 서비스 평가 점수에 높은 점수를 매겨 줬다. 그런 그녀는 전국 호텔 여직원 미인 대회에서 당당히 3등을 하는 쾌거를 이루어 냈다.

　그녀를 총애하는 호텔 오너는 그녀를 총무팀으로 불러들였고, 호텔의 회계를 전담시켰다. 미모가 뛰어나니까 믿을 수 있다는 이상한 논리였다. 이때 그녀는 매달 수십 억대의 돈이 들어오고 나가는 과정을 책임지고 관리했다. 원룸에서 살던 그녀는 엄청난 액수를 보니 눈이 휙 돌아갔다. 늘 컴퓨터로 명품 패션 쇼핑몰 아이쇼핑만 하던 그녀는 어느 날 간덩이가 부어서, 수천만 원짜리 핸드백을 주문했다. 그녀의 수중에는 당연히 그만한 돈이 없었고, 회삿돈을 몰래 횡령한 것이다.

이로부터 그녀의 횡령은 밥 먹듯이 이어졌고, 이 사실을 모르는 호텔 오너는 그녀를 볼 때마다 흐뭇한 미소를 연발했다. 그런데 그녀는 2년 사이에 10억 원대 회삿돈을 횡령했고, 명품 핸드백, 외국 유명 브랜드 옷, 귀금속, 포르쉐를 구입하고 또 클럽 유흥비, 해외 여행비로 모두 탕진했다. 꼬리가 길면 잡히는 법. 그녀의 갑작스러운 호화 사치 행각을 의심하던 지배인에 의해 그녀의 횡령이 탄로 났다. 그녀는 횡령한 돈을 다 갚는다는 각서를 쓰고 나서 쫓겨났다. 점잖은 호텔 오너는 자신의 특별 지시로 총무과 근무를 한 직원이 문제를 일으킨 것에 대해 반성하고 또한 시끄러운 잡음이 나서 호텔 브랜드 평판이 나빠지는 것을 우려하여 사법 처리를 생략하고 조용히 마무리 지었다.

그녀에게는 10억 원대의 부채가 생겼다. 이때 그녀가 클럽에서 유흥을 즐길 때 만난 15살 연상 남자가 연락을 줬다. 남자는 사기, 강도, 절도, 폭력 전과가 많았다.

"요즘 통 클럽에서 안 보이기에 아는 동생에게 물어보니까 자기가 10억대 돈을 횡령했다가 회사 잘렸다는 소식 들어서. 이참에 우리 함께 큰일을 도모해 보자고."

여자는 고민이고 자시고 할 개재가 아니었다. 둘이 합작으로 한탕하기로 했다. 15살 연상의 수염 많은 중저음 목소리의 남자가 아이디어를 냈다.

"자기는 미모가 뛰어나잖아. 그니깐 미모를 이용해 보자고."

여자는 콜 사인을 보냈고, 얼마 후 작전 개시를 했다. 이름 하여 화사(꽃뱀)작전이었다. 한 뚱뚱한 중소기업 사장을 꼬셔서 잠자리 후에 협박하는 것이 스타트였다. 그날이다. 여자가 나이트에서 남자를 꼬셨고 둘이 차에 탔다. 원래는 호텔 가는 것이 계획이었는데 뚱뚱한 중소기업 사장이 성질이 급해서 카에서 하길 원했다. 이렇게 된다면 예약된 호텔에 증거 확보를 위해 15살 연상남자가 숨겨 둔 몰래카메라가 아무 소용이 없었다. 여자는 승질이 났고 하이힐을 벗어서 상대 머리를 세게 쳤다. 상대는 의자에 꼬꾸라졌다. 여자는 본전을 챙겨야 해서 상대 주머니에서 지갑을 훔친 후 달아났다. 졸지에 화사가 되려다가 강도범이 되고 말았다. 양주의 알코올이 들어간 것과 함께 이런 범죄가 처음이다 보니 경황이 없었고 그리고 예상 밖으로 상대가 호텔 대관비가 필요 없는 카 취향인 바람에 이 사달이 났다. 초범으로 강도 사건

피의자가 되고 말았다.

남자가 같은 범법자로서의 의리를 지켜 주려는 듯 여자 뒤를 봐줬다. 이후로 둘은 함께 숨어 다니면서 간간이 절도 & 강도질을 하면서 연명해 오고 있었다. 그사이에 그녀와 15살 연상의 남자는 강도 상해 용의자로 현상 수배되었다. 현상 수배 전단지에 나온 남자의 사진은 흐릿했지만 여성의 사진은 확연히 해상도가 높게 나왔다. 여기에서 여자 용의자가 신경 쓰이는 문제가 생겼다. 생머리의 20대 후반 여자의 출중한 외모가 돋보였기 때문이다. 연예인급 탁월한 미모에 인터넷에서 난리가 났다.

"경찰이 틀림없이 죄 없는 아리따운 여성에게 누명을 씌웠을 것이다."
"얼강(얼짱강도)님, 오늘부터 팬입니다."
"출산율이 저조해서 온 나라가 걱정이 태산인 이 시국에 출중한 미모의 여성이 사회에 버티고 있어야 아기 한 명이라도 더 나올 것 아닙니까?"
"예쁜 것이 죄냐?"

여성은 얼굴이 노출되는 것을 철저히 막아야 했기에 항시 마스크와 선글라스를 착용해야만 했다. 여성과 남성은 노심초사하면서 간간이 절도를 하여 굶지 않고 숨어 살아왔다. 얼마 전, 여성과 남성은 늦은 밤 귀갓길의 한 여성을 차에 태워서 강도 행각을 저질렀다. 이때 핸드백에는 금전 가치가 있는 것이라고는 단돈 5만 원과 체크카드, 교통카드뿐이었다. 핸드백을 탈탈 털어 내자 타임 전당포 명함이 떨어졌고, 불법적인 일에 머리 빠른 남성이 계획을 제안했다.

"내가 망보고 자기가 들어가서 뒤져 보는 건 어때? 혹시 주거 침입했다가 걸리더라도 자기가 잘하는 눈물 뚝뚝을 시연하면, 자기가 워낙에 외모가 출중하니까 자기가 경제적으로 너무 안 좋은 상황이라서 실수를 했나 보다라고 전당포 사장과 경찰이 생각해서 풀어줄 수 있을 거야. 그렇지 않고 내가 주거 침입하다 걸리면 전당포 사장과 경찰이 추가 범죄 여부를 추궁할 게 뻔해. 그렇지? 자기야."

미모 출중한 여성 수배범은 콜을 했다. 그날이다. 도어록이 있었지만 지문 묻은 곳을 한 시간 정도 집중 공략한 끝에 문을 열 수 있었다. 안으로 들어간 여성은 과거 시간을 빌려준다는 문구가 명함에 있어서 이상하다 생각했는데 역시나 전당포가 이상했다. 값나가는 물건이 하나도 없었다. 아무리 뒤져 봐도 훔칠 만한 게 없었다. 오죽했으면 새장의 앵무새를 훔칠까도 생각했지만 장물을 팔다가 꼬리를 잡힐까 봐 그만뒀다. 새장을 비닐로 덮은 여성은 혼잣말을 내뱉었다.

"제기랄, 귀중품이 하나도 없잖아."

이리하여 담배꽁초 한개를 남기고 귀가한 아리따운 여성과 15세 연상 남성 현상수배범은 장고의 시간 끝에 한 가지를 모의하기에 이른다. 남자가 말했다.

"날이 밝으면 자기가 전당포 사장에게 대출하고 싶으니 출장 오라고 전화해. 사장이 나오면 자기가 사장을 차에 태우고 내가 대기한 곳으로 데리고 와. 그러면 내가 차에 타서 나머지 나쁜 짓을 할게. 어때 콜?"

미모 출중한 여성은 고개를 끄덕였다. 이것이 그의 범죄 행각의 전말이었다.

여성은 자신의 장기인 눈물 뚝뚝을 시연했다.

"죄송해요. 내가 원래는 호텔 셰프가 꿈이었거든요. 근데 호텔 회계를 맡으면서 큰돈을 보다 보니 그게 다 내 돈 같아 보이더라고요. 한번 횡령했는데 들키지 않게 되니까 연속으로 횡령을 하고 말았어요. 한번 내 삶이 엉클어지게 되니까 또다시 범죄를 저지르게 되고, 그야말로 악순환이었답니다. 흑흑. 참 그리고 아까 내 차에 타려고 기다리던 나쁜 놈 있잖아요. 그놈이 나쁜 짓에 저를 끌어들이지만 않았어도 이 지경까지 되진 않았을 거예요. 흑흑."

여성이 흘끔흘끔 할머니 사장님의 눈치를 봤다. 눈물을 더 흘려야 할지, 이 정도로 될 것인지를 파악했다. 보통의 경우 할머니들은 같은 여성이자 모성애가 작용하여, 이런 말을 한다.

"아휴, 이쁜 처자가 그럼 그렇지. 원래는 심성이 착한데 몹쓸 유혹에 빠지고 말았구려. 게다가 나쁜 놈이 꼬드겨 가지고 2인조 강도 상해자로 수배가 되고 말았군요. 참 딱하기도 해라. 착한 내 손녀딸이 생각이 나네요."

그러나 할머니 사장님은 아무런 표정의 변화가 없었다.

"호텔 회계 일을 할 때 거액을 횡령하여 흥청망청 써 보니 어떻던가요?"

미모 출중한 여성이 손거울을 꺼내서 눈물이 번진 자신의 얼굴을 바라보았다. 화장이 보기 싫게 더러워지지 않았기에 안도의 숨을 내쉬었다.

"시간 가는 줄 몰랐어요. 매일매일이 파티였습니다. 매일 저녁 명품을 두르고 클럽에서 가서 놀고 마시고, 정신이 없었어요. 전에는 사람들이 나를 싸구려로 봤는데 이제는 나를 흠모의 눈길로 바라보더라고요. 나를 공주처럼 추앙하는 그 눈빛이 몹시 좋더라고요. 정말 내게 많은 돈이 생겨서 그렇게 살았으면 너무나 좋겠다는 생각이 들었죠. 그렇지만 매일같이 내가 누군가에게 쫓기는 꿈을 꿔서 식은땀을 흘렸어요. 나쁜 짓을 하고는 두 다리 펴고 편히 잘 수 없는 것 같더라고요."

할머니 사장님이 지그시 저물어 가는 노을빛을 바라보고 있었다.

"사람에게는 자아 성찰의 힘이 있어요. 그래서 나쁜 짓 하고서는 마음이 편할 수 없는 거죠. 일부 흉악범들을 보면 그들에게도 자아 성찰이라는 게 있을까 의구심이 들 수 있겠지만 분명히 그들에게도 그것이 있어요. 그들에게서는 자아 성찰의 힘이 마치 잿더미 속의 불씨처럼 숨겨져 있습니다. 그래서 그들이 자신의 죄를 뉘우치기 위해서는 보통 사람보다 큰 '화력'이 필요하지요, 이 화력이 숨어 있는 자아 성찰의 불씨가 다시금 활활 타오르게 하죠."

"화력이라니요? 그게 뭘 말하실까요? 나도 그것이 필요한 것 같은뎅."

"온몸이 찢어질 듯한 고통을 수반하는 정신적 회오를 뜻해요. 뉘우치고 깨닫는 것이 회오입니다. 흉악범에게는 온몸이 찢어지는 고통과 함께 뉘우치고 깨달아야 비로소 자아 성찰의 힘이 되살아납니다. 보통 사람은 그 정도가 필요하지 않아요. 평소에도 수시로 번민하고 또 반성하기에 자아 성찰의 불이 타오르고 있지요."

"제가 그렇습니다. 전 흉악범까진 아니다 보니 수시로 괴롭다고요!"

그때였다. 여성의 폰에 문자가 왔다. 여성은 문자를 보여주면서 대출 광고 문자라고 했다가, 자아 성찰의 힘이라는 말이 떠오르자 이실직고를 했다.

"실은 이 문자는 저와 같이 강도 행각을 벌였던 남자가 보낸 거예요. 아까 자기만 살겠다고 도망친 놈이요. 우리가 서로 비밀리 연락할 때 대출 광고 문자를 보내기로 했었거든요. 혹시 내가 지금 경찰 유치장에 있을 수도 있으니까 이렇게 속임수를 쓴 거죠. 보세요. 대출 광고 문자 감쪽같죠?"

할머니 사장님이 어떻게 할 거냐고 물었다. 여성이 난감한 표정을 지었다.

"어떻게 해야 할지 저도 잘 모르겠어요. 또다시 이 야비한 놈과 2인조로 나쁜 짓을 한다는 것은 내 출중한 외모가 허락하지 않아요. 보나 마나 이 녀석이 이때까지 저지른 나쁜 짓을 모두 나에게 덤터기를 씌울 게 분명해요. 나쁜 자식."

할머니 사장님이 그 문자를 지워 버리라고 했다. 여성은 네라고 조신하게 대답했다. 여성이 할머니 사장님 눈치를 봤다.

"혹시 진짜 저를 신고하려는 건 아니죠?"

아무런 말이 없었다.

"그러시면 혹시 저에게 그게 그러니까 과거 시간 대출을 해 주시려고 하는 건지요? 명함에 과거 시간 대출을 해 준다면서요. 만약 과거로 간다면 내가 저지른 나쁜 짓을 다 말소할 수 있겠네요."

하마터면 여성이 호호 좋아서 웃을 뻔했다. 할머니 사장님이 고개를 돌려 여성을 감정해 보았다.

"처음 봤을 때도 그랬고 지금도 대출 부적격자예요. 과거 시간 대출 불가입니다. 신용이 불량해서요. 자아 성찰의 힘이 약하다는 의미입니다. 이런 경우 절대 대출 불가입니다. 과거로 가서 또 어떤 범죄를 저지를 지 감당이 안 돼요."

여성이 측은해 보이는 표정을 지었다.

"그래도 그렇지, 불쌍한 놈 떡 하나 더 주는 셈 치고 대출해 주면 어떻겠어요? 할머니. 네?"

"과거 시간 대출은 공짜가 아닙니다. 명색이 내가 전당포 사장으로서 밑지는 장사를 하면 되겠습니까? 댁이 만약 과거 대출을 한다면, 대출하는 과거 기간 3일은 필요해 보입니다. 그러면 이것에 대한 대가가 뒤따릅니다. 과거에서 현실로 돌아오면 댁에게서 60여년이 사라지게 돼요. 그러면 오늘 죽을지 내일 죽을지 아무도 몰라요. 그래도 과거 시간 대출을 하고 싶습니까?"

여성이 깜짝 놀랐다.

"대출하는 대가가 그렇단 말씀이시죠? 너무 매정하네요."

할머니 사장님은 친히 매정한 것이 아니라 우주 시간의 섭리이며, 전당포에 대가의 시간이 귀속이 되어 여러 사람들에게 대출 용도로 사용됨을 설명해 주었다.

"아. 그렇구나. 전당포에서는 땅 파서 대출을 해 주는 건 아니니까요."

"그렇지요."

할머니 사장님이 여성이 손을 잡아 주었다.

"댁에게는 앞으로 60~70년이라는 황금 같은 시간이 기다리고 있어요. 이것보다 더 귀중한 것이 없다고 봅니다. 굳이 과거 시간 대출 받아서 그 대가로 인생을 다 허비할 필요가 없다고 봐요. 대신, 앞으로 남은 시간이 가치 있는 것이 되기 위해 내면에 있는 자아 성찰의 힘을 더 강하게 키워야 합니다. 그러기 위해서요, 내가 댁에게 바라는 것은 딱 한 가지입니다."

여성이 눈을 말똥말똥 뜨고 할머니를 쳐다보며 물었다.

"그게 뭘까요?"

"자수입니다. 지금 경찰서에 가서 자수하세요. 용서를 비세요. 죗값을 달게 받으세요. 그런 시간을 잘 견디는 동안 자아 성찰의 힘이 더 세질 거예요. 그러면 나중에 사회에 나왔을 때 번듯한 사회인으로서 살아갈 수 있을 거라 봅니다. 많은 사람들은 시간과 돈을 맞바꿔서 살아가고 있어요. 생이라는 황금보석을 화폐를 얻는 데 탕진하고 있는 것이죠. 댁은 그런 삶을 살지 마세요. 시간의 황금보석을 도구화하지 말고 그것을 그 자체로 소중하게 여기고 살아가길 바랍니다."

여성은 한편으로 이게 뭔가 속은 듯하면서도 또 다른 한편으로 그래 이젠 모든 걸 내려놓는 게 좋겠다는 생각을 했다. 그리하여, 여성은 자수를 결심했다. 할머니 사장님에게 조건을 내걸었다. 나중에 자신이 출감 후에 대출 자격을 유지한 채 나이가 좀 들었을 때, 과거 시간 대출이 필요할 경우 꼭 좀 대출해 주라고 신신당부를 했다.

그녀는 혼자 관공서를 드나드는 것이 뻘쭘한 것도 있고 해서 그 야비한 15살 연상의 2인조 강도 상해 수배자 일행을 호출했다. 경찰이 이미 네 은신처를 다 알고 있으며, 지금 얼른 자수하면 한 1~2년 수감 기간이 단축되는 메리트가 있음을 어필했다. 약삭빠른 녀석은 안 그래도 수중에 땡전 한 푼 없어서 이대로 굶느니 차라리 따박따박 식판이 나오는 관공서 수용 시설에 들어가는 게 좋겠다면서 황급히 경찰서 앞에 당도했다. 둘은 손을 잡고 안으로 들어갔다.

컴플레인 고객

할머니 사장님이 행운목에 물을 주고 있었다. 새벽까지 나돌아 다녔던 크로노스는 깊은 잠속에 빠져 있었고, 새장 밖에 나온 카이로스는 창가에서 바깥세상을 바라보고 있었다. 점심시간이 조금 지난 시간 타임 전당포에는 나른하게 시간이 흘렀다.

시간은 물리적으로 균일하게 과거에서 현재로, 현재에서 미래로 쭉 흐르는 듯하다. 개울물이 흐르듯, 수도꼭지에서 물이 쏟아지듯이 기계적으로 흐르고 있는 것이 우리가 알고 있는 시간 곧 크로노스의 시간이다. 그렇지만 적어도 지금만큼은 시간이 하품을 하는 것 같아 보였다. 시간은 할머니 사장님, 까만 고양이, 앵무새에게 잠깐 머물러 있는 것처럼 느껴졌다. 시간은 고여 있는 호수처럼 정지된 듯했다. 그렇다고 해서 생명력이 상실된 것은 아니다. 흐르는 강물에 온갖 물고기들이 살듯이, 정지된 호수에도 온갖 물고기들이 산다. 시간은 강물처럼 흐르는 것처럼 보이기도 하며, 때로는 호수처럼 정적으로 보이기도 한다. 후자가 카이로스의 시간이다.

우주의 시간 량은 절대 불변한다. 고정된 양이 꾸준히 이어진다. 새로 시간이 생기는 일도 없고, 중간에 시간이 사라지는 일도 없다. 상상할 수 없는 어마어마한 시간이 태평양처럼 출렁출렁거린다. 시간이 과거에서 현재로, 현재에서 미래로 흐른다는 것이 우리 사람의 사고방식이다. 그렇다면 미래의 최종 종착지는? 그러고 보니 과거의 최초 출발점은? 빅뱅이라는 관점에서 보면 전혀 없는 시간이 어느 시점에 아기처럼 태어난다. 그리고 이 시간이 나중에는 종말을 맞이한다. 과연 그럴까? 빅뱅 전에는 뭐가 있었을까? 종말 다음에는 뭐가 있는가? 시간을 순서대로 배열을 해놓고 볼 때 과거 현재 미래가 나오지만 과연 우주 시간의 섭리 곧 다르마가 그러할까?

시간의 비밀을 알려 주는 단서가 있다. 이 지구상에는 유명한 예언가가 있다. 상당수는 헛소리를 하는 경우가 많지만 일부는 정확히 예언을 해낸다. 그런 사람으로 떠오르는 사람이 있을 것이다. 그들은 아직 도래하지 않은 미래를 어떻게 알아냈을까? 시간이 과거 현재 미래로 균일하게 흐른다는 사고방식으로는 도저히 이해되지 않는 일이다. 예언가들은 아직 일어나지 않은 일을 예측한 것이 아니다. 그들은 이 우주에 스며 있는 정보를 접촉하여 알려 준 것이다. 현재가 아닌 아직 도래하지 않은 시간이 사실은 이 우주 곳곳에 스며들어 있는 것이다. 그래서 그들은 특별한 영적 특이성으로 인해, 우주의 정보에 주파수를 맞춰 냄으로써 아직 다가오지 않은 미래를 정확히 이야기하는 것이다.

엄밀히 말해 미래 예측이라는 말이 잘못되었다. 예언가들은 불확정의 미래를 헤아려 짐작하는 것이 아니다. 그들은 눈을 감은 채로 실재하는 미래를 접촉하여, 그것을 말해 주는 것이다. 이것은 마치 사람들이 TV에서 '미래 극장'이라는 드라마를 눈으로 직접 보고, TV가 없는 사람들에게 '미래 극장' 드라마 이야기를 전달해 주는 것과 같다. 여기에는 전혀 예측이라는 것이 없다. 영적 특이성으로 인해 현재 경험한 미래를 평범한 사람들에게 알려 주는 것이다.

예언가들은 '옆방'에서 본 것을 말해 주는 사람이다. 그 옆방에는 미래 주파수의 정보가 가득하며 또한 과거 주파수의 정보가 있다. 현재의 우리는 타임 전당포에서 옆방으로 가듯이 과거로 여행할 수 있다. 과거, 현재, 미래는 뒤엉켜 있다. 그래서 '하나의 티끌에 온 우주가 있다(一微塵中含十方)'는 말이 있다. 과거 현재 미래는 따로 구별되는 것이 아니다. 사람들이 그렇게 구별해서 볼 뿐이다.

지금 이 순간, 시간은 과거 현재 미래가 혼재되어 있다. 과거 현재 미래의 시간은 촘촘한 그물망처럼 이어져 있다. 현재 속에 과거가, 과거 속에 현재가, 미래 속에 현재가, 현새 속에 미래가. 현재 속에 과거가, 과거의 속에 현재가 있으므로 우리는 타임 전당포에서 시간을 대출 받아 과거로 갈 수 있는 것이다.

고대 신화에 우로보로스(Uroboros)라는 용이 나온다. 제 꼬리를 물고 삼킨 용이다. 이는 과거 현재 미래가 이어져 있다는 것을 의미한다. 꼬리가 과거이고 머리가 미래라면, 머리가 꼬리를 물고 있으므로 미래가 다시 과거로 이어지게 된다. 이 원 안에 현재가 스며들어 있으며, 이 원의 시간 절대 량은 고정 불변한다. 그러므로 과거 현재 미래의 시간 모두가 뒤엉켜서 하나로 이어져 있다.

할머니 사장님은 근래 들어 골치가 아픈 일이 늘고 있다. 영업을 해 온 시간이 길어짐에 따라서 생기는 일이었다. 정식 계약을 해서 과거 대출이라는 놀라운 상품을 빌려줬건만, 현재로 돌아온 일부 대출자들의 컴플레인이 적지 않기 때문이다.

한 고객은 누누이 과거 대출의 대가로 현재 시간의 상당량이 줄어든다고 고지했는데도 불구하고 울고 불며 난리법석을 피워댔다. 이 컴플레인 고객은 '분노 후 화해 형'이다. 그 고객은 고도비만 체형의 30대 중반 사업가였다.

"내가 이렇게 죽는다니 말이 되냐고욧! 할머님."

하도 징징거리기에 쇠창살 안으로 들어오게 했다. 안에 들어서자마자 그는 다짜고짜 항변이다.

"우리 전당포에서 고객님이 대출 계약서에 작성을 하지 않았습니까? 대출의 대가에 대해서도 미리 알려 드렸고요. 고객님은 그래도 꼭 과거 대출을 하겠다고 해놓고선 이제 와서 그런 소리를 하면 됩니까?"

"그래도 그렇죠. 내가 지금 창창한 30대인데 간암으로 죽는다는 게 너무한 것 아닙니까? 내가 과거 대출 겨우 2일을 한 대가로 38여 년 삶이 감축되는 것은 알겠습니다. 그건 어느 정도 예상했습니다. 그런데 이게 뭡니까? 몸이 통 안 좋아 병원에 가 보니 말기 암이라는 겁니다. 암세포가 온몸에서 퍼져서 치료가 불가능하다며 나보고 삶을 정리하랍니다. 뭔가 잘못된 것 아닙니까? 대출의 대가가 38여 년이 아니라 내 인생 전체를 통째로 말아먹는 것 아닙니까?"

이 고도 비만 사장이 무슨 말을 하는 건지 알아보자. 그는 원래 작은 동네 치킨집을 운영하고 있었다. 그는 어려운 형편으로 인해 고등학교 때부터 배달 알바를 해왔는데 동네 건달들과 어울리다 사고를 친 적도 여러 번 있었다. 그런 그는 교도소를 다녀온 후 마음을 다잡고 배달 알바를 하다가 우연히 망한 치킨집을 인수하여 조촐하게 가게를 시작했다. 이때 그의 나이 삼십 대 중반이었다. 풍부한 배달 경험이 있었기에 배달을 주력으로 하는 치킨집은 그럭저럭 장사가 되었다. 그런 어느 비 오는 날 그가 배달을 가기 위해 빠르게 몰던 오토바이에 동네에 사는 아이가 치였다. 운 나쁘게도 아이의 머리가 보도블록에 부딪혔고, 뇌사에 빠졌다. 그는 그 아이를 살려내야 한다는 간절함을 가졌기에 종교 단체에 매일 찾아가서 기도를 올렸다. 특히나 아이를 못 살리는 것은 곧 폐업하는 것이었기에 더욱 그는 그 아이가 살아나길 간곡하게 바랐다. 이 당시에 그의 몸에는 주황색과 노란색 아우라가 감돌았다.

이런 그가 빗물에 젖은 채로 바닥에 버려진 타임 전당포 명함을 보고 타임 전당포를 찾아왔다. 그는 아이와 사고가 나기 전으로 돌아가길 원했고, 대출 계약서를 작성했다. 그는 이틀이 필요했고, 당연히 우주의 법칙에 따라 그에게서 38여 년의 시간이 소멸하게 되었다. 그는 흔쾌히 그 아이를 살린다면 자신의 모든 것을 내놓겠다고 했다. 그리하여 그는 과거로 가서 아이를 원래대로 건강한 모습으로 만들어 놓은 후 다시 현재로 돌아왔다.

과거에 돌아갔던 그는 그 아이의 집 사정을 알게 되었다. 아이와 동생 둘이 할머니와 함께 살고 있었는데 할머니가 병으로 누워 지내고 있었다. 현재로 돌아온 그는 스스로가 놀라울 정도의 착한 마음을 드러냈다. 과거 대출 받기 전에 자신 때문에 뇌사에 빠뜨렸던 아이기 때문에 미안함과 애정이 각별했다. 그는 아이에게 공짜로 치킨을 주기로 했다. 처음에는 아이가 일주일에 한 번 찾아올 때 주곤 했는데, 두 달째 될 때부터는 매일 자신이 직접 퇴근 때 남은 치킨을 그 집에 갖다 주었다.

그러던 어느 날 아침 그는 전국구 스타 치킨집 사장이 되었다. 치킨 나눔을 받는 아이가 인스타그램에 어느 마음씨 착한 뚱보 사장님이 매일 치킨을 나눠 주셔서 맛있게 먹고 있다는 글과 함께 사진을 올렸다. 이 글은 조회 수 십만여 개가 되었고 댓글이 수백 개 달렸다. 댓글은 이랬다.

↳ 요즘 같은 삭막한 세상에 매일 치킨을 나눔하다니 정말 감동.

↳ 글을 보고 치킨 좋아하는 우리 아이가 떠올라서 한동안 눈물이
핑 돌았어요.

↳ 오늘부터 내가 좋아하는 악덕 본점으로 유명한 W치킨을 끊고
뚱보 사장님 치킨을 주문하겠음.

↳ 여긴 부산인데 여기에도 가게 꼭 내주심 평생 단골 보장.

↳ 형님 사진을 보니 양을 듬뿍 주실 것 같네요. 뚱보 사장님 파이팅!

- 치킨 덕후 드림

이에 힘입어 그는 뉴스에까지 얼굴을 비췄다. 다들 넉넉한 체
형의 사장님에게 응원의 메시지를 보냈다. 그의 가게는 대박이
났다. 한 달이 채 가기도 전에 프랜차이즈를 시작했고, 6개월 만
에 전국 매장이 200개 돌파를 했으며, 1년이 될 즈음에는 전국 매
장 수가 700개를 돌파했다. 그사이에 베트남, 태국 등 동남아에
도 진출했다. 미국, 일본, 프랑스에서도 가맹점을 내달라고 매일
같이 오는 전화 때문에 핸드폰이 과열될 지경이었다. 이리하여
그는 1년 사이에 월 매출 300만 원의 동네 치킨집 사장에서 월
100억대 매출 프랜차이즈 대표가 되었다.

그사이 그의 심성에 다시 한번 큰 변화가 있었는데, 화와 비아
냥, 무시, 욕질이 많아졌다. 대신 그는 오백억 대 자산가로 우뚝
섰고, 용산 대통령실 근처에 저택을 구입해 살았다. 이 과정에서

동네 치킨집 할 때 결혼 전제로 사귀던 마트 캐셔로 일하던 순박한 여자를 걷어찼고, 유흥계 여성들과 노닥거리고 있었다. 이런 그는 당연히 매일 고급 양주를 흡입했다. 그 결과 그의 본래 예상 수명이 73세였는데, 그가 대출 대가로 소멸된 시간이 대략 38년이니까 그가 과거 대출을 하는 시점의 나이 34세 + 38년(대출 대가의 시간)은 곧 72년으로 현재 35세인 그는 수명이 만땅이었다. 오늘 죽으나 내일 죽으나 이상할 게 없었다.

문제는 그가 자신의 예상 수명을 정확히 예측을 못했다는 것이다. 35세였던 그는 최소 85세, 최대 95세를 예상 수명으로 잡았다. 이에 따라 그는 앞으로도 12년에서 20여 년을 짧지만 굵게 살아갈 줄로 알았다. 그러나 현실은 냉혹했다. 예상 수명은 우주 시간의 섭리만 알고 있다.

"우주 시간의 섭리에는 한 치의 오차가 없습니다. 고객님의 예상 수명이 그만큼 짧았다는 것을 순순히 받아들이는 수밖에 없어요. 고객님 예상 수명이 73세입니다."

고도 비만의 500억대 자산가 글로벌 프랜차이즈 치킨점 대표는 번들거리는 이마의 땀을 연신 닦았다. 골드 롤렉스, 금팔찌, 금

목걸이가 번쩍거렸다.

"뭐라고요! 내 예상 수명이 그렇게나 짧았단 말입니까? 그걸 이제 알려 주면 어떡하냐고요. 아씨. 진짜 이 할머니 너무하시네. 내가 지금 누군지 모르시나 본데."

고도 비만이 헐떡이며 숨을 돌렸다.

"할머니, 지금 이 앞에 있는 사람이 전에 봤던 그 사람이 아니라는 것입니다. 할머니 지금 큰 실수를 하시는 거에요. 자꾸 이러시면, 내가 타임 전당포의 실체를 다 까발려 버릴 겁니다. 내가 핫라인 갖고 있는 분들 그러니까 매달 용돈 드리는 분들로 말하면 구청장, 국회 의원, 시의원들입니다. 이 사람들을 동원해서 무슨 일이 있어도 그 점포를 문 닫게 해 버립니다. 아 진짜 더러워서 원."

할머니 사장님은 불편한 심기를 꾹 눌러 참듯 입술을 깨물었다.

"문을 닫게 한다니요? 그런 말을 하면 쓰나요? 언제는 대출을 받으러 찾아와서 간곡히 사정을 하던 사람이 이제 와서는 대출의 대가를 받아들일 수 없다고 화를 내면서 전당포 문을 닫아 버리게 하겠다고 협박을 한다는 게 말이 됩니까? 타임 전당포는 고객님 말고도 필요로 하는 분들이 많아요. 그런 분들을 위해 영업이 계속되어야 합니다."

고도 비만 프랜차이즈 치킨점 대표를 크로노스와 카이로스가 눈살을 찌푸리고 바라보았다. 갑자기 그가 현기증이 오는지 비틀거렸다.

"아, 내가 지금 죽을 것 같습니다. 의사 선생님이 일주일 정도 남았다고 생을 정리하라고 했어요. 의사를 만난 지가 6일째가 되어 갑니다. 아이고 사장님, 제발 저를 도와주십시오."

"우주 되갚음의 법칙은 우주 자연의 순리입니다. 비오는 날에 태양이 떠올라 먹구름이 사라지고 화창한 날이 되면, 다시 화창한 날에 먹구름이 밀려와 비를 뿌려서 흐린 날이 됩니다. 이것이 우주 자연의 순리입니다. 이처럼 고객님은 대출의 대가로 자신의 수명을 우주의 품에 내준 것입니다. 이제 거역할 수 없는 우주의 섭리를 받아들이시죠."

치킨점 대표가 다시 욱 성질을 드러냈다.

"자꾸 했던 말을 반복하시네요. 지금 이럴 시간이 없다고요. 내가 고생해서 500억이나 모아 놨는데 이것을 다 써 보지도 못하고 죽는다는 게 말이나 되냐고요? 자택, 회사 건물, 요트, 차 사는 데는 대출 받은 것이 있으니까 실제로 200억 정도만 썼고 지금 현찰로 300억대가 은행 통장에 있습니다. 그리고 지금 이 순간에도 통장에 수천만 원이 들어오고 있어요. 그 엄청난 돈을 쓰지 못하고 내가 왜 죽어야 합니까? 왜?"

"실례되는 말씀일지 모르지만, 오늘이 마지막 날이 될 수도 있습니다. 예상 수명이 모두 채워지는 날이 바로 오늘 지금일지도 모른다는 거예요. 그러니 더 늦지 않게 마음을 비우고 생을 정리하는 시간을 가지세요. 고객님에게는 수백억대 돈보다 얼마 남지 않은 시간이 더 가치가 나가는 것입니다. 시간을 지출하여 엄청난 돈을 버는 것은 가능하지만, 아무리 많은 돈을 지불해도 시간을 얻는 것은 불가능합니다. 시간은 그 무엇보다 절대적입니다. 우리 사람은 시간이라는 들판 위에 핀 이름 없는 꽃입니다. 모든 욕심을 내려놓으세요. 절대적이고도 위대한 시간 앞에 겸허해지십시오. 시간은 더 이상 기다려 주지 않아요."

우리 사람은 시간의 품에서 태어난 씨앗들이다. 사람뿐만 아니라 생명체, 그리고 생명 없는 물체도 우주 시간의 품에서 태어났다. 우주의 시간은 모든 것을 만들었고, 키우며, 개화시킨 후 거두어들인다. 그리고 우주 시간은 또다시 만들고 키우고 개화시키기를 반복한다. 이 과정은 끝없이 순환이 된다. 과거, 현재, 미래는 구별이 없이 섞이고 섞여서 동시에 존재한다.

글로벌 프랜차이즈 치킨점 대표는 화를 내다가, 울기를 세 번 반복했다. 그러다가 막판에는 울기를 지속했다. 꺼이꺼이 통곡 소리가 울려 퍼졌다. 크로노스와 카이로스가 애처로운 표정으로 그를 바라봤다. 그렇게 한참을 울던 그가 결심한 듯이 말했다.

"솔직히 내가 죽는다는 게 실감이 잘 나지 않아요. 그래서 평소처럼 오늘도 위스키 한잔을 했고요. 굉장히 피곤하다는 것 말고 다른 것은 없어요. 그렇지만 저에게 과거 시간이라는 여행을 시켜 주신 사장님 말씀을 믿어야 할 것 같네요. 시간에 관해서는 할머니 사장님이 전문가로 생각이 되니까요. 아, 모든 게 영화 한 편처럼 후딱 흘러간 것 같습니다. 괴로운 일도 있었지만 행복한 시간도 있었어요. 요즘 저는 행복한 시간이 많아지고 있었습니다. 그런데 휴, 이제 모든 것이 종결이 되는군요. 흑흑."

다시 말을 이어 갔다.

"내가 요즘 종교 단체 여러 곳에 찾아갔었어요. 성스러운 공간에서 울면서 기도를 드렸습니다. 이제 모든 게 그분의 뜻이겠네요. 사장님, 내가 왜 진작 여길 찾아오질 않았나 후회가 됩니다. 이곳이 명확한 기준과 답을 들을 수 있는 곳인데요. 이제나마 찾아오게 되어 다행으로 생각이 됩니다. 조금이나마 나의 생과 죽음에 대한 마음의 정리가 되는 듯합니다. 꽃이 향기롭게 피어났으니 꽃이 지는 것도 당연하겠지요. ……그러면요 내 재산이 남는데 이것을 어떻게 하면 좋겠습니까? 혹시 사장님이 필요하시다면……."

할머니 사장님이 손사래를 쳤다.

"여기가 허름한 전당포이기는 해도 상도를 지키고 있어요. 절대 계약 조건 이상을 요구하지도, 받지도 않습니다. 타임 전당포는 이 세상, 온 우주에서 가장 값어치 나가는 시간을 대출해 주고, 시간을 대가로 받습니다. 내가 그 시간의 일부를 갖습니다. 이것보다 더 귀하고 소중한 게 있나요? 고객님 재산은 어려운 분들에게 나눠 주는 게 어떨까요? 언제 시간이 소멸할지 모르니, 기부 유서를 미리 작성해 두십시오.”

“아 그렇군요. 유서를 작성해 둬야겠어요. 내가 죽으면 주인 없는 돈이 되는데, 긴요하게 쓰여야겠지요. 저도 어려운 환경에서 자라났기에 어려운 형편의 사람들에게 잘 사용이 되면 좋겠어요.”

또 컴플레인 고객 케이스가 있다. ‘분노 후 협박형’으로 곧 블랙 컨슈머다. 때는 바야흐로 벚꽃이 흐드러지게 피던 어느 봄날이었다. 한 중년 여성이 타임 전당포 기존 고객의 소개를 받고 찾아왔다. 여성의 사정이 하도 딱해서, 어느 과거 시간 대출 고객이 이곳을 알려 줬다. 여성은 강남의 부유한 사모님이었다. 안으로 들어오자마자 다짜고짜 요구와 보답 사항을 말했다.

“제발 제 아들 좀 살려 주세요. 뭐든지 다 해 드릴게요. 아이 아빠가 논현동에 20층 빌딩을 가지고 있는데 그 빌딩을 통째로 드릴 수 있습니다."

할머니 사장님이 말똥말똥 중년 여성을 쳐다봤다.

"보시다시피 여기는 전당포이지 사람을 살리는 곳은 아닙니다."

"아휴 그거야 잘 알죠. 아이 아빠가 의산데 의사도 이미 죽은 사람은 어쩔 도리가 없잖아요. 근데 얘기를 듣기로는 할머니가 과거로 보내 준다고 하던데 그러면 애를 살릴 수 있잖아요. 제발요, 제 외동아들 살려 주시면 평생 은혜를 잊지 않을게요."

중년 여성이 눈물을 훔쳤다. 여성의 몸에서 노란색, 초록색 아우라가 섞여서 보였다. 초록색이 적었지만 분명히 보였다. 그 여성의 말로는 어려서부터 종교 신자로서 독실한 신앙을 가지고 있었으며, 살아오는 동안 봉사 활동을 꾸준히 해왔다고 했다. 중년 여성은 아들이 죽은 사연을 말했다. 아들은 전교 1~2등을 다투는 수재였는데 심한 신경성 대장염으로 중간시험을 망치는 바람에 충격을 받아 수면제를 다량 복용해 자살했다는 것이다. 아이는 장차 아빠처럼 S대 의과대를 진학하여 의사가 되는 것이 꿈이었다. 이제 세상에는 아들도, 그 꿈도 사라졌다. 그 얘기를 듣고 전당포 할머니가 그 중년 여성을 감정해 본 결과 하루 대출이 가능했다.

이리하여 중년 여성은 아들이 중간고사를 보기 전날로 돌아갔다. 원래 중년 여성의 소원은 중간고사 전날 아들에게 약을 먹여 다음 날 건강에 이상이 없도록 하는 것이었다. 이로써 다음 날 시험 망친 쇼크로 인한 자살을 막으려고 했다. 하지만 막상 과거로 돌아간 중년 여성은 나쁜 속셈을 품고 이를 실행에 옮겼다. 미리 중간고사 문제와 정답을 암기해 둔 중년 여성 엄마는 아들에게 내일 이것이 시험에 나온다며 문제와 정답을 다 알려 줬던 것이다. 이와 더불어 아들 시험을 망치게 한 신경성 대장염에 좋은 약도 먹였다.

아들은 엄마가 콕콕 찔러 주는 문제와 정답을 보고는 음, 제법 시험을 나올 만한 것을 어디서 용케 알아냈는지 신기하다고 혼잣말을 하면서 공부를 했다.

중년 여성이 현실로 돌아왔을 때, 중년 여성 엄마의 머릿속에는 아들의 중간고사 전교 1등을 그리고 있었다. 하지만 막상 돌아와 보니, 그 일이 똑같이 벌어지고 말았다. 아들은 그날 심한 배탈이 난 것과 동시에 현기증이 생겼다. 그래서 평소 알고 있는 문제도 잘 풀지 못한 채 시험 시간을 보내고 말았고 그 결과 시험을 망치고 말았다. 그다음은 저번과 똑같았다. 중년 여성은 슬퍼하는 것도 잠시 외제차를 몰고 와서 전당포 할머니에게 울면서 항변을 해댔다.

"이게 뭐예요? 똑같이 반복이 되고 말았다고요. 내 아들 어떡

할 거냐고요, 불쌍한 우리 아들 살려내 주세요!"

할머니 사장님도 어디에선가 잘못이 있었구나 생각했다.

"혹시 소원을 정확히 이룬 게 맞습니까? 고객들 중 일부는 거 짓말을 하는 경우가 있었지요. 100명의 고객이 있다면 그 고객들 100명이 전부 진실을 말하는 것은 아닌 게 현실입니다. 내가 고 객이 소원 성취를 했는지를 어느 정도는 알 수 있지만 100프로 잡아내지 못하는 한계가 있어서입니다. 대출 계약서에 쓴 소원이 실제로 이루었는지가 중요합니다."

중년 여성은 뜨끔해진 표정을 지었다.

"그게 말이죠…… 소원이…… 아들 건강을 위해 약을 먹이기로 한 소원을 이룬 것은 맞습니다만 그만 내가 욕심이 생겨서 아들 에게 시험 문제와 정답을 알려 줬어요. 혹시 이것 때문에 아들이 원래대로 자살을 하고 만 건가요?"

"네, 대출 계약서에 쓴 소원과 달리 욕심을 부렸기 때문입니다. 고객님이 분수에 맞는 소원대로 아들에게 약을 먹이고 건강 관리 에만 신경 썼다면 지금 아드님은 살아 있을 것입니다. 그런데 약 속한 소원과 다른 욕심에 찬 행동을 했기에 애초에 바랐던 일이 물거품이 되고 말았어요. 그래서 시간의 반복하려는 힘이 강하게 작용했고, 아드님은 중간고사를 볼 때 신경성 대장염으로 시험을 망치게 되어 자살하고 말았습니다."

이 중년 여성은 타임 전당포와의 계약 사항을 지키지 않았다. 고객으로서 지켜야 할 준수 사항을 어긴 것이므로, 좋지 않은 결과에 대해 타임 전당포에 책임을 물을 수 없다. 고객에게 귀책 사유가 있다. 그런데도 이 중년 여성은 자신의 잘못을 인정하지 않았다.

"그러면 아들은 아들대로 살려내지도 못하고, 나는 나대로 19년의 삶이 송두리째 날아간다는 말입니까? 아니, 듣자듣자 하니 이 할머니가 점잖은 분으로 봤는데 너무하시네요. 이렇게 아무런 결과물도 없이 고객에게 엄청난 피해를 줘도 되는 겁니까?"

다음 날, 이 중년 여성은 맘 카페에 이 전당포의 고객 서비스가 엉망이다, 믿을 수 없다, 대출 상품이 사기다 등의 글을 올렸다. 자신의 SNS에도 똑같은 글을 퍼 날랐다. 그러면서 전당포 할머니 카톡에 협박하는 글을 보냈다.

다시 과거 시간을 대출해 줘서 아들 살려내 주세요.

그러면 악성 댓글 안답니다.

아무런 응답 없으면 관할 세무서에 무허가 전당포로 신고를 할 거고

또 뭐가 있더라 아 그렇지 공중파 방송사에 제보를 할 거고

또 유명 유튜브 채널 '당신을 고발한다'에도 제보할 것입니다.

'당신을 고발한다' 아시죠? 잘못 걸렸다 하면 전당포 폐업입니다.

그러니 한 번만 더 기회를 주시옵사

아 제발 우리 아들을 살려 주세요.

이와 더불어 협박성 전화질도 서슴지 않았다. 고액 족집게 과외 엄마 연합회 아느냐? 한번 물면 절대 안 놓는 이 연합회와 연대해서 행동에 옮길 것이며, 내 생명에도 위해가 되는 결과를 초래했으므로 정식 고소장을 제출할 것이라고 으름장을 내놨다. 엄마 그 누군들 자기 자식의 소중함을 모르겠는가? 아들을 살리고자 한다면 무슨 일이라도 할 사람이 엄마다. 그런데 이 엄마는 지나치게 자식을 위하는 바람에 선을 넘어 버렸다. 타임 전당포의 블랙컨슈머가 되고 만 것이다.

할머니 사장님의 블랙컨슈머 대응법은 간결했다. 무대응이 원칙이었다. 고객 자신의 잘못으로 나쁜 결과가 벌어졌는데, 그것을 진심으로 사죄하기는커녕 협박을 한다면 고객 당사자에게 나쁜 영향이 미칠 것이라고 보았다. 중년 여성의 협박질의 빈도가 높아졌고 정도가 매우 심해졌다. 그래도 전당포 할머니는 평정을 잃지 않고 한마디도 대꾸하지 않았다. 이리하여 어느 날부턴가 조용 잠잠해졌다. 이 이유인즉슨 그 여성이 뇌경색으로 쓰러졌던 것이다. 더 이상 구차한 이야기는 삼가자.

또또 컴플레인 고객 케이스가 있다. '분노와 협박 후 난동 유형'으로 곧 더블 블랙 컨슈머. 이 악질적인 유형의 고객은 딱 한 번 있었다. 그 고객을 생각하면 할머니 사장님은 아직도 가슴이 떨린다. 그 중년 남성 고객은 중3 딸 문제로 찾아왔다. 딸은 모 K팝 뉴제너레이션 오디션에 참가하여 톱3 결정전을 하루 앞두고 있었는데, 그만 발목 부상으로 중도 포기하고 말았고 이 충격으로 음독자살을 시도하여 현재 중태였다. 우연히 타임 전당포 명함을 접한 그는 이곳을 찾아와서, 딸이 발목 부상을 당하기 전날로 돌아가게 해 달라고 엄청 읍소를 했다. 할머니 사장님이 그에게 하루의 기회를 줬고, 여러 가지 주의 사항, 대가로 지불한 시간, 반복하려는 과거의 힘 등을 고지했다. 그는 과거로 갔는데 욕심이 생겼다. 딸에게 발목 부상을 피하기 위해 댄스 연습을 주의하라고 신신당부를 하고나서 욕심을 실행에 옮겼다. 유력한 오디션 1위, 2위 참가자의 경연 댄스와 곡을 알고 있던 그는 차별화된 댄스와 곡을 딸에게 알려 줬다. 이와 더불어 딸에게 점수를 제일 짜게 줬던 심사 위원에게 접근해 거액을 제시했다. 이리하여, 그는 딸이 당당히 1위가 되어 3억원의 상금과 트로피를 받는 것과 함께 방방소녀단으로 유명한 B기획사 차기 걸그룹 센터가 될 것을 상상했다.

욕심을 두둑이 채운 후 그가 다시 현재로 돌아왔다. 그런데 이게 웬걸 전당포에 돌아온 그가 스마트폰으로 신문 기사를 살펴보고 나서 분노와 협박을 터뜨렸다.

"전하고 똑같이 딸이 발목 부상으로 톱3 결정전에 올라가지 못하다니 이게 뭡니까? 할머니 정말 이러시깁니까? 내 딸 인생을 책임시라고요! 미치고 환장하겠네. 오늘부로 여기 불법적인 과거 시간 대출하는 전당포 문을 닫게 할 겁니다."

욕심을 부린 탓이다. 발목 부상으로 톱3 결정전을 포기한 딸은 음독자살 대신 현재 집에서 울면서 치킨을 뜯고 있었다. 사실 딸은 전과 같이 음독자살을 시도했으나 극약을 토해내는 바람에 목숨을 부지했다. 이로써 과거 대출의 기회로 딸을 살린 것이다. 그 은혜도 모른 채 이 남자는 이성을 상실했다. 남자는 탁자 위에 놓은 물건 그러니까 향초, 서류, 금테 돋보기를 한 손으로 밀어서 떨어뜨렸다. 그다음 의자를 들어서 내동댕이쳤다. 이성을 잃은 남자가 분풀이로 어떤 짓을 할지 걱정이 되었다. 할머니 사장님의 멱살을 잡는, 상상하기도 두려운 일이 생길지 몰랐다. 그런데 이 모습을 구석에서 지켜보던 크로노스가 할머니를 보호해야겠다는 생각에 하악질을 했다. 그러곤 날쌔게 그 남자에게 달려들었다.

"앗, 이 미친 고양이 뭐야!"

그때를 놓치지 않고 할머니 사장님이 끼어들었다.

"고양이가 광견병에 걸렸답니다. 조심해야 할 거예요."

"뭐라고요 왜 그걸 지금 알려 주십니까? 아이고 내가 안 그래도 고양이 알레르기가 심한 사람인데 이거 큰일이네."

남자는 고양이가 다가오지 못하도록 몇 차례 발길질을 했다. 그래도 크로노스는 물러서지 않았다. 크로노스가 칠칠맞게 침을 질질 흘려대며, 광견병 걸린 고양이의 모습을 시연해 줬다. 그것을 본 남자는 아연실색했고, 쪼르르 쇠창살 밖으로 나가는 문으로 줄행랑쳤다. 이 남자는 밖에 나가서도 협박과 동시에 벽을 차댔고, 심지어 유리창을 의자로 부딪쳐서 깨뜨렸다. 난동을 더 피울 기세였는데 이때 크로노스가 쇠창살 입구에 짜잔 침을 흘리며 나타나자 겁을 먹은 그 남자가 밖으로 쏜살같이 나가 버렸다. 원래 그 남자는 그렇게 나올 줄 예상을 하지 않았다. 할머니 사장님도 사람을 보는 안목이 완벽 무결하지는 않기 때문이다. 어느 정도 선에서 금테 돋보기와 아우라로 사람을 감정할 뿐이다. 사람이 시간과 함께 어떻게 변할지 그건 정말 아무도 모른다.

어둠이 있으면 빛이 있듯 컴플레인 고객만 있는 게 아니다. 감동 만족 고객도 있다. 답례를 한다, 감사 인사를 드린다며 방문 요청하는 고객들도 있지만 거의 대부분 받아 주지 않고 있다. 무엇보다 고객의 수명이 단축이 되는 안 좋은 상황이 벌어지고 있다 보니, 가능하면 얼굴을 안 보는 쪽으로 하고 있다. 전당포 할머니 사장님은 과거 대출로 소원을 이루지만 현재에서 생이 단축된 고객을 생각하면 숙연해진다. 머지않아 죽음을 앞둔 환자 옆에 선 의사처럼 착잡한 기분이 드는 것이 사실이다. 고객은 과거 대출로 의미 있는 소원을 성취하지만 자신의 수명이 단축되고 만다. 소원 성취에는 자기 살을 도려내는 것과 같은 크나큰 희생을 감수해야 한다. 이것은 어쩔 도리 없는 우주 시간의 섭리, 우주의 다르마이다.

전당포 할머니 사장님의 헌신

할머니 사장님이 행운목에 물을 준 후 잎사귀를 매만졌다. 마치 애완동물 털을 쓰다듬듯이 사랑하는 마음을 손바닥에 담아서 정성껏 어루만져 주었다. 정기적으로 물 공급을 받고, 창가의 햇볕을 쬐는 행운목은 전체적으로 건강하지만 간혹 한두 잎사귀가 노랗게 변하는 일이 있었다. 이런 일은 거의 모든 거실 식물에게서 흔히 일어나는 일이다.

하루는 할머니 사장님이 물을 주러 갔을 때 잎사귀 두 개가 노랗게 변하고 있는 것을 발견했다. 할머니 사장님이 몇 발자국 뒤로 물러서서 행운목 전체를 바라보았다. 그러자 행운목을 감싸는 녹색 아우라 가운데 일부가 붉은색을 띠고 있는 게 보였다. 그것은 마치 충치처럼 여겨졌다. 그 충치를 얼른 고치지 않고 내버려 두면 걷잡을 수 없는 속도로 녹색 아우라가 파괴되어 붉은색으로 변하게 될 것이었다. 할머니 사장님은 생명을 잃고 있는 두 개의 잎사귀를 오래도록 어루만져 주었고, 속으로 빌었다.

'아가야, 아프지 말고 얼른 낫거라. 앞으로 너에게 신경을 잘 쓸게. 내가 잘 보살펴 주지 못해서 미안하다. 얼른 나아서 활기찬 모습을 보여 주렴.'

행운목 전체가 파르르 떨었다. 마치 할머니의 기도를 알아듣기라도 하듯이 말이다. 그다음 그 두 개의 잎사귀가 있는 나뭇가지가 좌우로 춤을 췄다. 마치 주인을 반기는 애완견이 꼬리를 흔드는 것처럼. 할머니 사장님은 미소를 띠며, 다시 잎사귀를 만져 주었다. 다음 날, 신기하게도 그 두 잎사귀가 다른 잎사귀처럼 푸른색으로 변해 갔다. 며칠 후에는 완전히 정상으로 돌아왔다.

할머니 사장님은 향초가 타오르는 탁자로 와서 지팡이를 옆에 세워 놓은 후 의자에 앉았다. 밖은 늦가을이었고, 찬 기운이 사무실 안에 감돌고 있었다. 크로노스는 사무실 구석의 고양이 방석에서 꼼짝도 하지 않았고, 카이로스는 새장에서 고개를 푹 숙인 채 잠을 자고 있었다. 할머니 사장님은 평소처럼 업무를 봤다. 대출 계약서를 쭉 훑어보고 나서 세 군데에 문자를 보냈다.

첫 번째로 모 중소기업 대표에게 문자를 보냈다.

현재 만기 시간 30분 전입니다. 연락 없이 돌아오지 않으면
계약한 대로 진행한다는 것을 명심하십시오.

직원이 100명이 되는 제조업체의 그 사장님은 부도 직전에 타임 전당포를 찾아왔지만, 이곳이 돈과는 아무 관련이 없는 곳임을 알고서는 죽으려고 했다가 그를 불쌍하게 여긴 전당포 할머니 사장님이 그에게 기회를 줬다. 이틀 대출을 해 간 그는 부도 맞게 되는 결정적 위기를 몰고 온, 시대를 너무 앞서갔던 신제품 출시를 중단하기로 하고 다시 전당포로 돌아오기로 했다. 돌아올 가능성은 반반으로 봤다.

어느 정도 시간이 흘렀고, 두 번째로 미혼모에게 문자를 보냈다.

현재 만기 시간 20분 전입니다. 연락 없이 돌아오지 않으면
계약한 대로 진행한다는 것을 명심하십시오.

이 미혼모는 아기를 맡기고 돈을 빌려 달라고 터무니없고도 황

당한 요구를 해왔다. 누구의 아이인지 알 수 없었고, 얼마 전에 아이를 낳았다. 임신한 날을 기점으로 시간을 거슬러 올라가 아이 아빠를 찾아보려 했지만 불확실했는데, 한 명은 사업 실패로 지명 수배자가 되었고 또 한 명은 교통사고로 세상에 없었고, 또 다른 한 명은 교도소에 있었다. 아이 아빠 찾는 일이 쓸데없는 짓거리 같았던 여성은 무작정 애를 낳았지만 생계가 막막했다. 카페 알바 같은 일로 매일 출근하면서 적은 수입으로 살아가야 하는 여성은 막막하기만 했다. 그러자 자살의 욕구가 솟구치기 시작했다. 이때 타임 전당포 고객 중 한 명이 <인생고민상담> 카페에 자신의 기적 같지만 허무맹랑하게 들리는 이야기를 짧게나마 게시 글로 올렸고, 이를 본 여성이 혹시나 해서 쪽지를 보내고 어렵사리 타임 전당포 주소를 얻어 낼 수 있었다. 이리하여 이곳에 찾아온 그녀는 흑흑흑을 시연함과 동시에 아이를 맡겨 주고 자기는 과거 시간 대출 그런 것 말고 급전 500만 원을 빌려 달라 했다. 불법 사채, 카드 돌려막기를 하던 그녀는 그 돈으로 급한 불을 끄려고 했었다. 그런 여자에게 할머니 사장님은 친절한 상품 설명과 설득으로 돈 대신 과거 이틀의 기회를 줬다. 아기는 월세 밀린 빌라 집주인 아줌마에게 내일까지 월세 갚을 테니 내일까지만 데리고 있어 달라 부탁했다. 빌라 주인아줌마는 반색하면서 그럼 당연하죠라고 하고는 아기가 색시 닮아서 참 이쁘다며 칭찬했다.

돌아올 가능성은 반반으로 봤다.

날이 어두워지자, 세 번째로 학폭 피해 여고생에게 문자를 보냈다.

현재 만기 시간 10분 전입니다. 연락 없이 돌아오지 않으면
계약한 대로 진행한다는 것을 명심하십시오.

이 문자를 받은 것은 학폭으로 자살하려던 여고생이다. 원래 타임 전당포는 미성년자와 거래를 하지 않는 것이 상도이자 원칙이나, 그 여학생이 이승을 하직하는 몹쓸 짓을 할까 두렵고 또 나중에 여학생이 왜 자신을 말리지 않았냐며 울면서 꿈에 나타날까 두려운 나머지 대출 계약을 해 줬다. 할머니 사장님이 그 미성년자인 여고생에게 과거 시간을 대출해 줄 수밖에 없었던 이유가 또 있었다. 그 여고생의 동반자살 제안에 친구가 먼저 자살해버렸기 때문이다. 일단 이 사실을 안 할머니 사장님은 자기 손에 두 어린 여고생의 생명이 왔다 갔다 하게 되었으므로 가슴이 요동쳤다. 이리하여 덮어 놓고 우선 살리는 것이 옳다고 보고, 그 미성년자에게 성인에게만 판매하는 과거 시간 대출 상품을 내놓게 되었다. 나중에 경찰 같은 데서 와서 왜 미성년자에게 대출을 해 줬냐

고 청소년 보호법을 운운하면서 까칠하게 추궁할 것이 좀 걱정이
되긴 했지만.

금세 시간이 지났고, 돌아올 가능성 반반이던 그 중소기업 사
장은 끝내 돌아오지 않았다. 할머니 사장님은 그간 그와 나눈 통
화, 문자를 토대로 할 때 그가 욕심을 부렸다고 추측을 했다. 원
래대로라면 그는 결정적으로 부도를 몰고 온 신제품 출시를 결
정하기 이틀 전으로 돌아가서 그것을 포기하고 기존 제품 품질
향상을 결정한 후 돌아오기로 되어 있었다. 그런데 그는 욕심을
부렸다. 현재 여기에서 잘나가는 경쟁사의 제품을 과거로 돌아간
그 시점에 출시를 결정한 것이다. 이것은 그의 분수에 맞는 소원
에서 벗어나는 행위였다. 그리하여 그는 떼돈을 벌고 싶은 마음
에 과거에서 머물다가 신속하고도 조용하게 우주의 품으로 돌아
갔으리라 보았다.

또 돌아올 가능성이 반반이던 미혼모는 어떻게 됐을까? 그녀
는 과거로 돌아가자마자 문자를 보내 주면서 확고한 자신의 입
장을 표시했다. 그녀는 다신 진절머리 나는 이곳 현재의 세상으
로 가기 싫다면서, 이곳(과거 세상)에서 임신 절대 하지 않고 단
하루라도 마음 편히 살고 싶다고 했다. 얼마든지 내 생명 거둬 가
보려면 마음대로 해 보라고 했다. 이 문자 이후로 일절 연락이 없

었다. 이 여자가 어떻게 되었을까? 여자는 남자친구(현재에서 교도소에 들어간 남자 친구)와 함께 마약을 하다가 잡혔고, 수갑을 차고 유치장으로 끌려갔다. 그녀의 얼굴에 검은 그늘이 퍼지기 시작했고, 이후 그녀는 살아서 유치장 밖으로 나오지 못했다.

시간이 속절없이 흐르고 있었다. 다른 고객이 돌아오는 시점이 되어 갈 때는 전혀 긴장되는 일이 없었지만 이번은 달랐다. 할머니 사장님이 세 번째 문자를 보냈던 문제의 미성년자 여고생 고객이기 때문이었다. 생명을 끊는 몹쓸 짓을 기도하려는 그 여학생이 어떻게 됐는지 궁금했고, 제발 시간에 맞춰서 돌아와 줬으면 하는 간절한 생각이 들었다. 어느새 5분밖에 남지 않았다. 할머니 사장님은 애가 타들어 갔다.

할머니 사장님이 지팡이에 손을 가져가려고 할 때 쇠창살을 누군가 두드렸다.

'쾅쾅'

크로노스와 카이로스가 눈을 번쩍 떠서 소리 나는 곳을 바라보았다. 할머니 사장님은 비밀번호를 알려 줬고, 문제의 그 미성년자 고객이 입실했다. 교복을 입은 그 여고생이 숨을 헐떡거렸다.

"할머니! 시간 딱 맞췄죠."

할머니 사장님이 안도의 마음을 숨긴 채 담담한 표정을 지었다.

"내가 대출 계약서에 쓴 소원대로 하고 돌아왔어요. 진짜로요."

"그래요, 잘됐군요. 잘못되지나 않을까 노심초사했었답니다."

"할머니가 걱정해 줘서 일이 잘 해결된 것 같아요. 고맙습니당."

여고생은 강원도에서 서울의 모 여고로 전학을 했는데 이때부터 일진 아이들로부터 학폭에 시달렸다. 시골내기가 기분 나쁘게 얼굴이 아이돌처럼 이쁘다면서 따돌리고 폭력을 휘두르면서 괴롭혔다. 이때 그를 애처롭게 여긴 한 여학생이 그와 친구가 되어 주었다. 이 둘은 한 묶음으로 괴롭힘을 당하게 되었다. 이 둘은 매달 일진 아이들에게 일정액을 상납해야 했다. 그런데 상납을 하지 못한 날이 있었고, 두 사람은 학교 후문 PC방 옥상으로 호출을 받아야 했다. 이 둘은 바들바들 떨었고, 타임 전당포를 찾아온 여고생이 차라리 이럴 거면 이승 하직 시도를 하자는 몹쓸 제안을 친구에게 톡으로 보냈다. 친구가 자기도 친구 따라서 떠나고 싶다고 했고, 이 둘은 PC방 옥상 대신에 학교 옥상으로 걸어가기로 했다. 그런데 친구가 먼저 손목을 긋고 자살하고 말았다. 그 여고생은 죄책감을 느꼈는데, 우연히 등굣길 길거리에서 타임 전당포 명함을 발견하고는 이곳으로 찾아왔다.

여고생이 타임 전당포에서 과거 시간 하루를 대출받은 후에 어떻게 되었을까? 여고생은 친구에게 동반자살하자고 톡을 보내기 전으로 돌아갔다. 여고생은 친구에게 톡을 보냈다. 자기가 못된 생각을 했다고 미안하다면서 다신 나쁜 마음을 먹지 말자고 했다. 너무 미안하다면서 하굣길에 교문 앞에 있는 킹콩떡볶이집에서 보자고 했고, 자기가 한턱 쏜다고 했다. 친구는 뚱딴지같은 소리를 이해하지 못했지만 다음날 죽는 일에서 벗어났다. 그리고 과거 시간 여행을 하는 계기로 나도 할 수 있다는 용기가 생겨난 여고생은 자신과 친구를 괴롭힌 일진의 학폭 행위를 경찰에 신고했다. 학교 선생님에게 그 사실을 알리면 엄격한 징계 처분이 이루어질 가능성이 높지 않았기 때문이다. 경찰이 출동하는 것을 확인한 여고생은 시간에 맞춰서 타임 전당포로 돌아왔다. 그날 일진 아이들은 경찰서로 끌려가야 했고, 그 일진의 학폭 행위가 저녁 뉴스에 나왔다.

할머니 사장님이 흐뭇해하는 미소를 지었다.

"학생을 처음 만났을 때 내가 아무리 만류해도 소용이 없다는 것을 느꼈어요. 그래서 과거 시간 하루를 대출해 준 것입니다. 앞으로 학폭 같은 일이 있으면 부모님, 선생님 그리고 경찰에 바로 알리세요. 절대 혼자서만 꿍꿍 속앓이를 하면 안 돼요. 버티지 못하고 쓰러지고 말아요."

"네, 그럴게요. 솔직히 하루에도 몇 번이나 선생님에게 학폭 사실을 알리려고 했지만 통 용기가 나지 않았어요. 선생님과 상담을 하는 시간도 있었는데 그때도 일진의 협박으로 겁이 나서 털어놓지 못했어요. 저 같은 학생들이 많을 거예요. 그렇지만 할머니를 만나서 과거로 타임여행을 하여 친구를 살릴 수 있었고, 그 와중에 저도 모를 용기가 생겨났어요. 앞으로는 나를 괴롭히는 사람이 있으면 당당히 맞설 거고, 또 내 힘으로 감당이 안 되면 주위 분들에게 도움을 요청할 거예요."

"학생의 마음이 튼튼해져서 참 기쁘네요."

그렇지만 우주 시간의 섭리는 누구에게나 공평하다. 받는 것이 있으면 돌려주는 것이 있는 법. 우주 되갚음의 법칙에 따라 여고생은 자신의 생에서 19년하고도 65일이 소멸하게 되어 있었다. 혹자는 꽃 같은 여고생에게서 20여 년을 빼앗는 게 너무 잔인하지 않느냐고 할 것이다. 좋지 않은 것은 사실이다. 하지만 여고생은 과거 시간을 대출받아 친구를 살릴 수 있었고 그리고 자신은 자살로 생을 마감하지 않고 남은 생을 이어 가게 되었다. 이런 긍정적인 측면을 바라봐 주길 바란다.

한마디 보태자면, 당신이 사파리 관광객이라고 치자. 야생에서 사자가 어린 영양을 잡아먹는 것을 보게 되었다. 그러면 당장 달려가서 영양을 살려 주는 것이 옳은 도리인가? 그렇지 않다. 야생의 섭리와 법칙을 존중하고 따라 줘야 한다. 우주 되갚음의 법칙도 그렇다. 타임 전당포에서 누군가에게 과거 시간을 빌려주고, 그 대가로 누군가의 현재 시간의 상당량을 받는 것은 거부할 수 없는 우주의 섭리이자 다르마이다. 타임 전당포가 누군가에게 과거 시간을 대출하는 일을 지속하기 위해서도 누군가로부터 대출 대가의 시간을 받을 필요성이 있다.

크로노스가 기지개를 켠 후 할머니 사장님에게 다가왔다. 그러곤 폴짝 뛰어 치마폭으로 들어갔다. 의자에 앉은 할머니 사장님이 크로노스를 쓰담쓰담해 줬다. 크로노스가 좋아서 배를 까고 누워서 쓰담쓰담을 계속 해 달라는 사인을 보냈다. 할머니 사장님은 솜씨 좋게 그 요구를 따라 줬다.

그때 문자가 왔다는 소리가 들렸다. 고개를 돌려 폰을 들어 보니 이런 문자가 있었다.

정말 과거 시간 대출이 가능한가요?
믿기지 않은 일이지만 그게 가능하면 너무 좋겠습니다.

지금 저는 내 딸과 함께 마지막 밤을 보내고 있습니다.

아무에게도 연락을 안 하고 있는데 신기한 명함을 발견하게 되어

지푸라기라도 잡는 심정으로 문자를 남깁니다.

정말 이게 진짜인지 믿기 힘들지만 한번 뵐 수 있다면.......

할머니 사장님은 "지금 저는 내 딸과 함께 마지막 밤을 보내고 있습니다."라는 문장에서 가슴이 철렁거렸다. 탄식이 절로 나왔다.

"내가 과거 시간을 대출하는 장사를 하는 사람인지, 위급한 사람을 구해 주는 119인지 모르겠네. 쯧쯧."

할머니 사장님은 위급한 상황임을 알아차리고 조용하게 의사소통을 진행했다.

타임 전당포는 출장 영업을 합니다.

고객님 지금 어디 계신가요? 주소를 알 수 있습니까?

금방 문자가 오지 않았고, 애를 어느 정도 태울 즈음에 주소가 적힌 문자가 왔다. 할머니 사장님은 이곳에 앉아 있는 채로는 그 고객과 대출 계약 이야기를 진행하는 것이 힘들 것으로 파악했다. 할머니 사장님은 몸소 친히 직접 고객님이 계신 곳으로 방문

영업을 하기로 했다.

스카프를 머리에 두른 할머니 사장님은 지팡이를 들고 전당포 문을 닫고 밖으로 나왔다. 왁자지껄한 먹자골목을 지나 천천히 지팡이를 짚으면서 지하철로 향했다. 매번 그렇지만 저녁에 이 거리를 거닐 때면 늘 이곳은 잔치가 벌어지는 것 같다. 여러 사람들이 모여서 먹고 마시고 노래 부르고 고함지르고 있는 이곳은 그네들의 인생 하이라이트가 펼쳐진 곳이다. 여기에서 사람들은 내면에 있는 욕망, 희열, 한탄, 슬픔을 숨김없이 마음껏 풀어낸다. 분명, 먹자골목에서 찬란한 인생의 한순간이 활활 타오르는 것을 부정하지 못하리라. 그래서 인생의 비밀이 바로 이곳에서 밝혀질 수 있는 것은 아닐까? 혹자는 어찌 삶의 오묘한 비의를 이 흥청망청한 저잣거리에서 알아낼 수 있느냐고 의아해할지 모르겠다. 삶의 오묘한 비의는 고요한 종교 단체에서 찾아낼 수 있는 것이라고 할지도 모르겠다. 그러나 둘 다 의미가 있다 보고 싶다.

먹고 마시면서 에너지를 분출하는 것을 소비적 문화로만 보지 말자. 고대 그리스 철학자들은 먹고 마시면서 인생의 비밀을 캐는 토론을 펼치지 않았는가? 이것은 우리말로 '향연'이라고 하며, 영어로 심포지엄(symposium)이라고 하는데 오늘날의 심포지엄에서는 먹고 마시는 것이 빠졌다. 그 결과는? 요즘 사람들의 생각은 우주의 천장까지 도달했던 고대 그리스 철학의 근처에도 가지 못하고 있다. 먹자골목 주객들은 안다. 술을 한잔 들이켰을 때 기발한 아이디어가 나오고, 날카로운 질문 제기가 생기고 또 생에 대한 열정이 타오르고 그래서 좌중의 여러 사람들과 토론 비슷한 것을 했던 경험을. 이게 바로 고대 대머리 철학자 소크라테스 때 만들어진 본래의 심포지엄이자 향연의 맛보기이다.

할머니 사장님은 왁자하게 떠들어 대는 소리가 들리는 환한 조명의 주점을 지날 때면 향연이 떠올랐다. 인생의 비의를 캐면서 열띤 토론을 벌이는 사람들이 떠올랐다. 하지만 요즘 사람들은 향연의 술은 계속해서 퍼 마셔 대면서도 향연의 토론을 상실해 가는 듯해서 조금 쓸쓸해졌다. 할머니 사장님은 속으로 말했다.

'새벽까지 불을 밝히고 마시면서 우주의 진리, 우주 시간의 섭리 곧 다르마, 인생의 비의를 캐던 고대 그리스인들을 기억해야 해.'

지하철을 타서 40분간 이동한 후 어느 조용한 역에 내렸다. 주위가 가로등 말고는 컴컴했고, 상가도 몇 개 보이지 않았다. 지팡이를 짚으면서 길가로 걸어가다 보니, 출장 전당포 사장님을 기다리는 장소가 눈에 들어왔다. 모텔이었다. 안으로 들어가 문에 노크를 하자 한 여성이 나왔다. 여성은 전당포 사장이 할머니라는 사실에 처음에는 다소 놀라는 눈치였지만 놀라움을 이어 갈

힘도 없는 듯 몹시 지쳐 보였다. 여성은 어찌나 눈물을 흘렸는지 눈이 퉁퉁 부었다. 비좁은 방에 들어서자 침대에 누군가 누워 있었다.

"할머니를 먼 곳에 오시게 해서 죄송합니다."

여성은 할머니에게 탁자 앞 의자를 권했고 할머니 사장님이 의자에 앉았다. 여성은 마주 보면서 의자에 앉았다.

"전당포 사장으로서 영업차 출장을 하고 있으니 신경 쓰지 않으셔도 됩니다. 노인네들도 일을 해서 먹고 살아가야 하지 않겠어요?"

할머니가 옆에 누워있는 사람을 힐끗 쳐다보았다. 혹시 잘못되지 않았나 걱정이 들었다.

"내 딸입니다. 근데요…… 눈을 보지 못해요. 얼마 전에 시력을 완전히 잃어버렸습니다. 흑흑."

여성이 눈물을 닦고 나서 말을 이었다.

"딸이 대학교 1학년입니다. 꽃다운 나이에 이 지경이 되고 말았느니 어떡하면 좋겠습니까? 친구들과 어울리며 맛난 것도 사 먹고, 놀러도 가고, 남자 친구도 사귈 나인데."

"아휴, 참 안되었습니다. 이렇게 예쁜 딸에게 그런 시련이 생기다니."

침대에 누워 있던 딸이 잠에서 깬 듯 말했다.

"엄마, 엄마, 엄마."

"딸아. 나 여기 있어."

"엄마, 어디 가지 마. 나 무서워. 엄마"

"그래, 엄마가 여기 항상 있을게. 우리 예쁜 딸."

여성이 딸의 손을 꼭 잡아 주었다. 이상하게도 방 안이 답답해서 주위를 살펴봤다. 창문을 닫았고, 청 테이프로 빈틈을 막아 놓았다. 방문 앞의 바닥에 청 테이프가 나뒹굴고 있었다. 방문 틈도 완전히 막으려고 한 듯했다. 시선을 움직여 여성이 앉아 있는 쪽 구석을 봤다. 구석에는 번개탄이 여러 개 쌓여 있었다. 불길한 예감이 들었다.

"이곳에서 딸과 함께 생을 마감하려고 한 모양이군요."

"네. 더는 희망도 살아갈 의욕도 없어서요."

여성이 전해 주는 말은 이러했다.

여성은 이혼 후 딸을 혼자 키웠다. 딸은 예중, 예고를 나와서 모 대학교 무용과에 입학했다. 딸은 발레를 했다. 어려운 가정에서 무용하는 딸을 뒷바라지하기란 여간 쉬운 게 아니었다. 여성은 식당을 했는데 벌어들인 수입의 거의 대부분을 딸을 대학에 보내는 데

쓰다시피 했다. 세월이 흘렀고, 자랑스럽게도 다수의 콩쿠르에서 수상한 딸은 희망하는 대학교에 입학했다. 그게 올해였다. 딸은 예중, 예고, 예대 입시에서 벗어나 처음으로 자유롭게 시간을 보냈다. 그러던 5월, 딸이 이상한 소리를 하기 시작했다.

"엄마, 사물이 자꾸 흐려지는 것 같아요."

여성은 단순히 아이가 시력이 나빠지는 건가 생각했다. 입시 준비를 해 온 탓에 시력이 나빠졌으리라 추측했다.

"안경을 끼면 예쁜 얼굴을 망칠 것 같은데 이 일을 어쩌지?"

"아니, 엄마 농담도. 시력 안 좋은 친구들은 다 라식했단 말예요. 에휴, 나도 라식을 하게 되려나?"

"지금부터라도 눈을 잘 돌보는 게 어때? 스마트폰을 오래하는 것도 그렇고, 책을 너무 가까이에서 보는 것도 주의해야지!"

"네, 엄마 말씀 잘 들을게요. 내 시력이 더 나빠지기 전에 보호해야겠어요."

엄마와 딸은 눈 문제를 심각하게 생각하지 않았다. 그렇게 시간이 흘렀고, 점점 더 딸의 눈 상태가 나빠지고 있었다. 그런 어느 주말 딸은 태어나서 처음으로 소개팅을 나가게 되었다. 새로 산 화사한 원피스를 입고 나갈 준비를 했다. 전신 거울 앞에 섰다. 딸은 자신의 아름다운 모습을 보면서 미소를 지었다. 이윽고 카페에서 핸섬한 남자 대학생을 만났다. 가슴이 쿵쾅거렸고, 딸은 커피를 한 모금 마셨다. 그러곤 고개를 들어 앞을 바라봤다. 뿌연 안개가 낀 듯 맞은편의 남대생 얼굴이 보이지 않았다. 갑작스레 닥친 상황에 정신이 없었고, 너무나 당황했다.

딸이 남자 대학생에게 말했다.

"저, 지금 눈이 안 보여요. 정말로요. 이 일을 어쩌죠?"

남자 대학생은 처음에 농담인 줄 알았지만 딸의 경황없는 태도와 테이블 위에 놓은 스마트폰을 더듬는 손짓 등이 이상하게 여겨져 딸의 말을 믿게 되었다. 남자 대학생이 대신 딸의 엄마에게 연락을 해 줬고, 이후 대학 병원에 입원했다. 애석하게도 시신경이 죽는 시신경척수염이라는 진단받았다. 영원히 시력을 되찾는 게 불가능했다.

용하다는 민간요법을 해 보고, 기적 치료로 유명한 종교 단체에 찾아가 딸 눈 치료를 애원했지만 아무 소용이 없었다. 매일같이 엄마도 울고, 딸도 우는 날이 이어졌다. 그러던 어느 날 딸이 용기를 냈다.

"엄마, 내가 눈이 안 보이니까 무서운 게 없어요. 내가 높은 곳에 떨어져서 모든 걸 끝내면 좋겠어요."

딸은 무서움이 있었지만 엄마를 생각해서 한 말이었다. 자신 때문에 엄마가 생업을 하지 못하는 것을 눈치로 알고 있었다. 고통은 자신만으로 끝내고, 엄마는 자신이 없더라도 온전하게 살아가길 바랐다. 딸의 말을 들은 엄마는 울음을 터뜨렸다.

"내가 너를 어떻게 키웠는데 죽는다고 하는 거니? 내가 대신 죽어서라도 네가 살아가야 하지 않겠니? 딸아, 내 두 눈을 너에게 주고 네가 시력을 되찾게 되면 좋겠는데 그것도 가능하지 않으니 이 일을 어쩌니? 차라리 우리 둘 다 죽자꾸나."

여성의 이야기를 다 들은 할머니 사장님이 숙연해졌다. 시력을 잃은 딸 그리고 딸과 함께 죽음을 결심한 엄마의 처절한 모성애 때문에 할머니 사장님은 몹시나 가슴이 아려왔다.

할머니 사장님이 여성을 감정해 보니, 과거 하루 대출이 가능해 보였다. 다시 현재로 돌아올 가능성도 몹시 높아 보였다. 그런데 문제가 하나 떠올랐다. 할머니 사장님이 보기에 여성의 지금 나이가 40대 중반이었는데, 예상 수명이 60대로 보였다. 이렇게 되면, 설령 딸 아이 시력을 온전하게 만들어 놓은 후 현재로 돌아온다고 한들 여성은 얼마 지나지 않아 세상을 떠나야 했다. 할머니 사장님은 여성에게 정확한 나이를 물어서 확인했고, 그다음 다른 때보다 더 마음을 집중하고 여성의 예상 수명을 헤아려 봤다. 그러자 여성은 현재로 돌아오는 날 주어진 시간을 다하게 되었다. 좀 더 시간 단위까지 예상을 해 보니, 여성은 딸의 눈을 살리고 나서 현재로 돌아온 즉시 세상을 떠날 것으로 보였다. 갚아야 할 시간으로 인해 그 여성에게 주어진 시간이 다 소멸하기 때문이었다.

할머니 사장님은 비장하게 무언가를 결심했다. 이윽고 할머니 사장님은 가지고 온 과거 시간 대출 계약서를 내밀면서, 과거 시간 대출의 대가로 삶의 상당한 시간을 지불해야 함을 고지한 후, 과거 시간 하루를 대출을 해 주기로 했다. 소원을 적을 때, 여성은 딱 하나를 적었다.

딸의 고3때 첫 등굣날로 돌아가서 딸을 대학 병원으로 데리고 가서 눈을 미리 예방 조치를 하겠습니다.

딸 눈에 병이 생기는 것을 막으려면 최소 고3 때의 과거로 돌아가야 할 듯싶었다. 그것을 본 후 할머니 사장님은 주의 사항, 과거가 반복하려는 힘 때문에 소원 성취가 쉽지 않음 등 여러 가지를 알려 줬다. 그리곤 대출 계약서의 남은 빈칸을 채웠다. 할머니 사장님이 여성의 눈을 응시했다.

"반드시 대출 시간을 지켜서 만기일까지 타임전당포로 돌아와야 합니다. 명함에 적힌 주소로 돌아오셔야해요."

"네, 명심할게요."

할머니 사장님은 담보로 여성의 주민등록증을 받으면서 말했다.

"과거로 가기 전에 딸에게 인사를 하세요. 다음에 딸을 만날 때는 딸이 시력을 되찾게 되길 바랍니다."

여성이 딸에게 다가가서 이마에 뽀뽀를 해 줬다.

"딸, 엄마가 네 눈을 고쳐 줄게. 엄마 꼭 믿어야 돼. 다음에 볼 때는 우리 딸이 앞을 볼 수 있을 거야."

"엄마, 엄마 어디 가는 거야? 나 무서워, 엄마."

할머니 사장님이 여성의 딸에게 다가갔다.

"무서워하지 마세요. 엄마는 어디 안 갑니다. 계속 여기에 있을 거예요."

할머니 사장님은 여성에게 의자에 앉으라고 했다. 그러곤 눈을 감으라고 했고 숫자를 10에서 1까지 거꾸로 천천히 세라고 했다. 이내 여성은 잠이 들었다. 여성은 깊은 물속에서 유영을 하는 기분이 들었고, 빠르게 시간이 거꾸로 돌아가는 영화처럼 과거로 이어졌다. 그런 끝에 딸 고3때로 돌아갔다.

여성은 식당 카운터에서 깜박 졸다가 깨어났다. 벽에 붙인 달력을 보니, 정말로 딸의 고3 때로 돌아와 있었다. 여성은 식당 내부를 쭉 둘러봤는데 분명 과거 시점이 맞았다. 딸 고3때까지 쓰다가 버린 낡은 에어컨이 보였고, 또 그 당시에 서빙을 잠깐하다가 그만둔 연변 출신 여직원이 식탁을 닦고 있는 게 보였다.

　"기적이 벌어졌네. 이젠 내 딸의 시력을 되찾을 수 있어."

　시계를 보니, 2시 15분이었다. 손님이 뜸한 시간대였으므로 딸에게 연락을 했다.

　"딸, 엄마가 학교에 갈 테니까 조퇴해서 병원에 가자꾸나."

　"엄마 갑자기 무슨 소리야? 내가 멀쩡한데 왜 병원에 가자는 거예요?"

　"그러니까 말하자면 길어. 딸, 엄마 말을 들을거지?"

　"네, 엄마 말은 무엇이든지 따를게요. 근데 오늘 있잖아요."

　딸의 말을 싹둑 잘라 냈다.

　"내가 학교에 갈 테니까 이따 보자."

　여성은 급히 근처의 안과 전문 병원을 찾아봤다. 차로 두 시간 거리에 유명한 안과 전문 병원이 있었고 그곳에 예약을 했다. 여성은 그제야 안도의 숨을 내쉬었다.

"휴, 이제 딸을 데리고 병원에 가서 진단을 받고, 앞으로 주기적으로 검진을 받으면 될 거야."

이때, 갑자기 사람들이 그러니까 손님들이 식당 안으로 물밀듯이 들어왔다. 가까운 곳에 관광버스가 세워졌고, 알아듣지 못할 말을 하는 중국인들이 한국 음식 맛을 보러 들어온 것이다. 중국인 여자 가이드가 능숙한 한국말을 했다.

"지금 식사 되죠? 원래 다른 곳에서 식사하기로 예정이 되었는데 그곳 사장과 트러블(적은 소개비로 발생)이 생겨서 이곳으로 오게 되었어요. 오늘 처음 이곳에 왔는데 음식이 맛있으면 앞으로 관광객들을 이곳으로 데리고 오겠습니다."

오, 호박이 넝쿨째 굴러들어왔다. 그동안 그렇게도 여성이 중국 단체 관광객 손님을 받아 보려고 여행사와 관광버스 기사에게 로비를 했지만 잘 안 되었었다. 그런데 오늘 대박이 터졌다. 일단 이 가이드와 연을 맺고 적절하게 소개비를 주기만 한다면, 주기적으로 중국 단체 관광객이 식당에 올 것이었다. 일단 중국 단체 관광객을 받으면, 당연히 바가지를 씌워서 많이 받은 식사 대금의 일부를 소개비로 줄 계산이었다.

엉겁결에 여성은 홀 서빙 여직원에게 손님을 받으라고 외칠 뻔했다. 그러나 다음 순간, 여성은 지금 자신이 무슨 잘못된 행동을 하는지를 비로소 자각했다.

'아참, 내 딸 학교에 가야지. 내가 여기 있으면 안 돼지. 그렇지만 내가 여기에 없으면 식당이 돌아가질 못하는데 이 일을 어쩌지? 주방장 한 명, 서빙 여직원 1명으로는 도저히 20여 명의 중국 단체 관광객을 모실 수 없어.'

여성은 가이드에게 말했다.

"죄송합니다만 오늘 식당 영업은 종료가 되었습니다. 이 일을 어쩌죠? 내가 미리 문을 닫아 놔야 하는데 깜박했어요. 너무 죄송하네요."

장기적으로 호주머니에 넣을 두둑한 소개비를 떠올리던 중국인 여자 가이드는 인상이 확 달라졌다. 못 알아듣는 중국어를 했는데 거친 톤과 눈살 찌푸림으로 보아 화를 내는 게 분명했다. 여성은 굽실거리면서 가이드의 노여움을 달랬다. 이윽고 식당 안에 들어와 좌석을 차지했던 중국 단체 관광객들이 한마디씩을 던지면서 밖으로 우르르 나갔다. 그들이 모두 문밖으로 나가자, 문을 닫았다.

그러곤 딸 학교로 향했다. 그날따라 교통사고가 나서 길이 막혔다. 여성은 도로 중간에 차를 세운 채로 초조하게 시간을 보냈다. 이러다 딸과 함께 병원을 못 가게 되는 건 아닌지 불안했다. 이때, 전당포 할머니 사장님의 음성이 귓가를 스쳤다.

'막상 과거로 가면 소원을 쉽게 이룰 수 있을 것 같지만 실제로 그렇지 않습니다. 과거가 반복하려는 힘 때문이죠. 유혹, 안 좋은 상황, 건강 이상 등이 생겨서 소원 성취를 어렵게 합니다. 단단한 각오와 인내심을 갖고 소원을 이루도록 최선을 다해야 합니다.'

여성은 지금 자신에게 생기는 일들의 원인을 짐작할 수 있었다. 좀 전의 중국인 단체 관광객과 함께 현재의 교통체증이 바로 과거의 반복하려는 힘 때문이라는 생각이 들었다. 여성은 점점 더 불안해져 갔다. 이윽고 교통체증이 풀리면서 여성은 차를 몰고 딸 학교로 향했다. 학교 교무실에 들러 딸 건강에 심각한 이상이 생긴 듯해서, 병원 예약을 했으니 조퇴시켜 달라고 했다. 그런데 무용과 여자 선생님의 입에서 이런 이야기가 나왔다.

"지금 따님은 대통령배 전국 발레 콩쿠르에 참가할 우리 학교 대표 선발 실기시험을 보는 중이에요. 따님이 대표로 선발되는 게 유력시되는데요. 시험을 마쳐야 합니다."

"아휴, 오늘이 그날이었군요. 이 일을 어쩌죠?"

여성은 반복하려는 과거의 힘을 말하는 할머니 사장님을 떠올려야 했다. 여성은 어쩔 줄 몰라 했다. 원래는 딸이 이 학교 선발 시험에 통과한 후 대통령배 전국 발레 콩쿠르에 참가해 금상을 받는다. 이 경력으로 딸은 그토록 바라던 유명 무용과 대학에 입학했고 말이다. 그런데 지금 여성은 그 중요한 딸의 경력을 포기해야 하는 상황이 되었다. 딸의 엄마로서 쉽게 결정하기 어려웠다. 잠시 갈등이 있었지만, 여성은 어금니를 세게 물었다. 눈이 멀어 버린 딸을 다시는 상상도 하기 싫었다.

"하지만 딸 건강이 중요하니까 지금 딸은 병원에 가야 합니다. 병원 예약 시간이 다 되어 가고 있어요."

무용과 여자 선생님은 아이가 어떤 중병에 걸렸는지 궁금했다. 하지만 아이의 엄마인 여성이 시간 낭비하면서까지 그런 것을 알려 주고 싶은 마음이 없다는 표정을 지었기에 꿀꺽 침을 삼키고 나서 말했다.

"따님 건강이 제일 중요하죠. 어서 병원에 데리고 가 보세요. 따님이 큰 병에 걸리지 않았기를 기도드릴게요."

여성은 딸을 데리고 안과 전문 병원에 데리고 갔다. 엑스레이, 피검사를 진행했고, 그날 결과가 나온 토대로 의사는 현재 딸의 눈은 정상이라고 했다. 그렇지만 눈 영양이 부족한 듯하고 피로가 누적된 듯하다는 소견을 내놓았고, 미리 건강 관리를 잘 해 두는 것이 좋다고 했다.

여성의 긴장이 스르르 풀렸다.

"오, 다행이네요."

딸이 옆에서 이상하다는 눈짓을 했다.

"엄마, 거봐요. 내 눈이 아무렇지도 않다고 몇 번을 말해야 알겠어요. 그나저나 오늘 학교 대표에 뽑히지 못한 것 어떡할래요? 다 엄마 책임이에요!"

엄마가 투정 부리는 딸을 꺼안아 줬다.

"그래, 모두 엄마 책임이야. 내가 책임을 질게, 우리 예쁜 딸."

딸은 이상하다는 느낌을 받았다.

"혹시 엄마가 큰 병에 걸린 게 아니야? 자식에게 유전되는 병에 걸려서 나 걱정이 되어 그런 거예요?"

여성이 배시시 웃음을 지었다. 그날 여성은 병원에서 딸의 눈을 정기적으로 검진을 하기로 안과 의사에게 약속을 했다. 이때 여성은 자신의 엄마가 시신경척수염으로 시력을 상실했다고 거짓말을 하여, 안과 의사에게 각별히 딸의 눈에 이상이 없도록 사전 예방 조치를 진행해 주기를 요청했다. 그러자 안과 의사가 말했다.

"예방 차원에서 정기적 점검을 하는 것과 함께 눈에 좋은 약을 복용하고 눈에 좋은 음식을 섭취하고 또 눈에 안 좋은 습관을 삼가고, 스트레스를 줄이며 적절한 운동을 한다면 절대 앞으로 눈에 이상이 생기지 않을 겁니다."

여성은 딸의 손을 잡고 병원 문을 나섰다. 집으로 돌아오면서 딸이 좋아하는 돈까스를 사 주고, 요 며칠간 제발 사 주라고 떼를 쓰던 신형 스마트폰을 개통해 줬다. 딸은 날아갈 듯이 기뻐했으며, 빨리 고3이 끝나면 엄마 식당 알바를 하겠노라 했다. 물론 알바비는 넉넉히 주셔야 한다고 덧붙였다.

시간이 흘렀고, 다음 날이 되자 딸은 학교로, 여성은 식당으로 갔다. 여성이 식당에서 잠깐 일을 본 사이 타임 전당포로 돌아가야 할 시간이 다가왔다. 지갑에 넣어둔 타임 전당포 명함의 주소를 바라봤다. 차로 한 시간 거리에 타임 전당포가 있었다. 여성은 홀서빙 여자 직원에게 잠시 일을 보러 갔다 온다고 한 후 밖으로 나갔다. 얼마 후, 여성은 전당포가 있는 곳에 도착해서 3층으로 올라갔다. 302호에는 전당포 문패가 보이지 않았지만 여성이 그것을 무시하고 손잡이를 돌리고 문을 열자 블랙홀에 빨려 들어가듯이 환한 불빛 속으로 들어갔다.

곧이어 환한 불빛이 눈에 들어왔고, 눈을 떠보니 낯선 곳이었다. 할머니 사장님이 인자한 미소로 반겨 줬다.

"딸의 눈은 이제 건강하겠죠?"

"그럼요. 의사가 앞으로 딸아이 눈에 이상이 생길 가능성이 없다고 합니다. 관리만 잘해 주면 눈에 이상이 생길 일이 없다는 말이에요."

여성이 주위를 살펴보았다. 딸을 찾는 듯했다.

"이곳은 타임 전당포입니다. 지금 시간이면 딸은 댁에 있을 겁니다."

"오, 정말 이 기적 같은 일이 내게 벌어졌네요. 할머니 너무 감사합니다. 이 은혜를 어떻게 갚을까요?"

"저는 타임 전당포 사장으로서 과거 시간이 절실히 필요한 분들에게 대출을 해 주는 일을 할 뿐입니다."

여성이 정신을 차리자 중요한 질문을 했다.

"그 되갚음의 법칙에 따라 내가 지불해야 할 시간이 있잖아요?"

"당연히 그렇죠."

"그럼 20여 년이 소멸되는데 앞으로 내가 얼마나 더 살 수 있을까요?"

"그건 하늘의 뜻이지요. 내가 그것까지 알 수 있겠습니까? 이러지 말고 어서 집에 가서서 딸을 만나 보세요. 참, 딸에게는 오늘 있었던 일을 비밀로 하시고요."

여성은 연신 고맙다 인사하며 자신의 주민등록증을 챙긴 후 밖으로 나갔다. 쇠창살 밖으로 나간 후 문을 열고 복도로 나가서 아래층으로 내려갔다. 잠깐, 어떻게 해서 이런 일이 생겼을까? 여성은 현재로 돌아오는 즉시 숨을 거두어야 하지 않는가? 여기에는 할머니 사장님의 헌신이 개입이 되었다.

할머니 사장님은 시간 대출 전당포 사업주로서 상도를 벗어나는 일을 했다. 딸의 눈을 위해 과거로 간 여성이 현재로 돌아와서 곧바로 숨을 거두는 것을 그대로 방관하기 힘들었다. 그래서 할머니 사장님은 자신의 시간을 여성에게 주었다. 할머니 사장님은 전당포를 하면서 조금의 시간(대출 고객 한 명당 1년)을 자신이 가져가고 있었다. 할머니 사장님은 아주 오래전부터 이 일을 해왔기에 보통 사람들보다 오래 살아왔다. 어떤 사람은 100년 살았다고 보기도 하고, 또 어떤 사람은 200년 살았다고 보기도 하고, 또 어떤 사람은 300년 살았다 보기도 한다. 어쩌면 그 이상일 수도 있다. 할머니는 많은 세월을 살아왔고, 또 앞으로도 많은 세월을 살아가기로 되어 있었다. 그런 할머니는 자신이 살아갈 많은 미래의 시간에서 일부를 떼어 내 기꺼이 여성에게 줬던 것이다.

어느 수녀님은 죽음을 앞둔 한 청년을 위해, 하나님에게 자기 생의 시간을 일부 떼어내 이 사람에게 주세요라고 간곡하게 기도를 한 적이 있었다. 할머니 사장님도 그 수녀님처럼 차마 딸의 눈을 고치고 자신이 죽게 되는 여성을 바라보고만 있을 수 없었다. 할머니 사장님은 자기 시간의 일부를 여성에게 나눠 주었는데,

최소 40여년을 떼어 준 것으로 추측이 된다. 그 덕에 여성은 앞으로 많은 시간을 딸과 함께 살아갈 수 있게 되었다.

할머니 사장님 그러니까 타임 전당포 할머니 사장님은 오늘만큼은 그 어느 날보다 뿌듯했다. 오늘 자신의 헌신은 마치 자신의 딸과 손녀를 위해 당연히 해야 하는 일처럼 여겨졌다. 어느새 전당포 문을 닫을 시간이 다가왔다. 할머니 사장님이 지팡이를 짚고 일어나려는 순간 약한 현기증으로 휘청거렸는데 이때까지 단 한 번도 없었던 일이었다. 자신의 미래 시간 일부가 사라진 탓이었다. 그렇지만 할머니 사장님은 한 손에 힘을 주고 지팡이를 세게 잡은 후 뚜벅뚜벅 앞으로 걸어 나갔다. 과거, 현재, 미래가 구별되지 않는 우주 시간의 길을 천천히 걸어 나갔다.

에필로그

우리 시간 시초의 비밀을 간직한 할머니

　한곳에 물이 오래 머물러 있으면 썩게 된다. 물은 고이지 않고 흘러야 생명력을 유지한다. 타임 전당포도 그렇다. 타임 전당포 역시 한곳에 머물지 않고 흘러가야 생명력을 유지한다. 그리하여 타임 전당포는 와자지껄하면서도 고기 굽는 냄새가 떠나지 않는 먹자골목을 떠났다. 이사를 한 표면적인 이유는 이렇다. 과거 시간 대출을 하는 전당포가 현행 세무서 기준의 대부업에 부합하지 않아서, 불만을 품은 누군가가 먹자골목에 시간을 빌려주는 무허가 불법 전당포가 있다네요, 라면서 영업 못하게 해 달라고 찔러 바칠 우려가 적지 않은 점이 있었다.

　실은 이사를 한 본질적인 이유가 있다. 타임 전당포는 전국구가 아니어서 아직 서울과 경기 근교에서만 고객이 찾아오고 있었다. 따라서 타임 전당포는 더 많은 사람들이 과거 시간 대출의 혜택을 받을 수 있도록 한곳에 정주하지 않고 주기적으로 자리를 옮겨야 했다. 그래서 할머니는 고양이 크로노스와 앵무새 카이로스와 함께 거리를 나섰다.

그 할머니는 어느 시골 기차역 철로변에서 죽기로 결심한 필자를 만났다. 그때 할머니가 필자에게 지금까지 필자가 여기에서 들려준 '과거 시간을 대출하는 타임 전당포 이야기'를 전해 주었다. 지금 생각해 보면, 과거 시간을 빌려주는 전당포 이야기 대신에 필자에게 실제로 과거 대출을 해 줬으면 어땠을까 생각해 본다. 왜 그때 할머니는 다른 고객들처럼 필자에게 과거 시간 대출을 해 주지 않았을까 문득 궁금해진다. 그랬더라면 필자의 팔자가 눈부시게 찬란하게 변모될지도 모른다. 어쩌면 지금쯤 한국

화단을 이끌어 갈 젊은 동양화 화가 10명에 선정이 될 뿐만 아니라 세계적인 유명 미술품과 골동품 경매 회사 소더비에 필자의 그림이 거액에 팔리고 있을지도 모른다. 물론 그로 인한 값비싼 대가, 인생의 시간 소멸이 뒤따를 테지만.

어쩌면 할머니는 필자에게 과거 시간 대출로 인해 주어진 시간이 소멸되는 것을 원치 않았을 수 있다. 그래서 필자에게 신비롭고도 믿거나 말거나인 타임 전당포 이야기를 전해 주었을 것이다. 물론 이 모든 것은 필자의 추측이다.

가끔은 그때 강릉 기차역 철로변에서 필자가 깊은 잠에 빠져서 꿈을 꾼 게 아니었나 생각하기도 한다. 꿈속에서 그 할머니가 나타나서 전당포 이야기를 들려줬으리라 생각하기도 한다. 이것 또한 어느 정도의 개연성이 있다. 하지만 필자는 정말로 꿈이나 헛것이 아니라 그 할머니를 만났었기를 바라고 있다.

그 할머니가 진짜로 필자를 만났다는 것을 증명하려면, 다시 그 할머니를 만나는 수밖에 없다. 그래서 필자는 요즘 한 달에 한 번씩 시골 기차역을 찾아다니고 있다. 타임 전당포 할머니 사장 님을 혹시나 우연히 만날 수 있지 않을까 해서다. 그래서인지 머 리가 하얗게 센 할머니들을 유심히 살펴보는 버릇이 생겨났다. 그 할머니들은 우리 어머니의 어머니이시다. 우리의 생, 그러니까 우리 시간 시초의 비밀을 간직하고 있는 분이 할머니이시다. 태 평양처럼 출렁거리는 시간을 거느리고 있는, 시간의 어머니 우주 와 아주 가까운 분이 바로 할머니이시다. 시골 기차역에서 어디 론가 하염없이 시선을 내던지고 있는 머리 흰 할머니들 말이다.

작가의 말

번듯한 소설가가 되고 나서 쓰고 싶은 이야기가 많았다. 그렇지만 먹고 사는 데 매여 있다 보니 제대로 글을 쓸 엄두가 나지 않았고, 그사이에 코로나가 지나갔다. 바짝 엎드린 채로 살아남는 데 주력하다 보니 세월이 많이 흘렀다. 많은 욕심을 내려놓았더니 어느 정도 마음의 안정이 오는 듯했다.

서서히 내면에서 글을 써야 한다는 목소리가 올라왔다. 돈을 많이 벌기 위해서도 아니고, 인기를 얻기 위해서도 아니고, 상을 받기 위해서도 아니라 오로지 이 세상에 소설가로서 내 흔적을 남기기 위해 소설을 써야 했다. 인생의 많은 시간을 흘려보낸 지금, 나는 남은 시간을 내가 쓰고 싶은 소설 몇 편을 쓰기로 했다. 그러면 언젠가 내가 눈을 감게 되는 날 덜 불행해지리라 생각했다. 독신인 내가 숨을 거두게 될 어느 날, 모아 놓은 돈이나 집이 대체 무슨 소용이 있겠는가? 그 쓸데없는 것에만 매몰되어 시간을 허비하지 않기로 했다.

이리하여 2023년 봄에 착수하여 초여름에 이 소설 초고가 탄생했다. 이 소설에는 나의 세계관에 많은 부분을 차지하는 오컬트(신비주의)가 잘 나타나 있다. 이와 더불어 인생 후반으로 향해가는 내 삶에서 절박함이 생겼는데 이것이 이 소설 테마인 시간을 다루게 한 원동력이지 않나 생각한다. 자칫 어렵고 추상적일 수 있는 주제를 어른 동화처럼 그려냈다.

원고를 쓰는 내내 나는 한강에서 자전거를 타고 수십 킬로를 달렸다. 망원한강공원 지나 고양시로 가는 자전거도로의 작은 숲길에서 내가 소설에서 그린 할머니와 고양이, 앵무새가 머릿속에 그려지면서 신비로운 음악 소리가 들려오는 경험을 했다. 오전에 글을 쓰고 오후에 자전거를 타고를 반복하는 어느 사이에 소설이 세상에 나왔다.

소설가로서의 숙제이자, 인생의 과제로서 여러분에게 이번 소설을 선보인다. 부족하나마 독자분들의 아낌없는 관심과 애정 그리고 조언을 부탁드린다.

_ 고수유

시간을 빌려주는
수상한 전당포

초판 1쇄 발행 2024년 5월 5일
초판 2쇄 발행 2024년 5월 13일

지 은 이 고수유
펴 낸 이 고송석
발 행 처 헤세의서재

일러스트 황예나
디 자 인 BL디자인

주   소   서울시 서대문구 북가좌2동 328-1 502호(본사)
          서울시 마포구 양화로 64 서교제일빌딩 824호(기획편집부)
전   화   0507-1487-4142
이 메 일   sulguk@naver.com
등   록   제2020- 000085호(2019년 4월 4일)

ISBN   979-11-93659-01-4 (03810)